サープ
シェフィ
ヴィトー

転生先は
北の辺境でしたが
精霊のおかげで
けっこう快適です
～楽園目指して狩猟開拓ときどきサウナ～

アーリヒ

転生先は北の辺境でしたが精霊のおかげでけっこう快適です

～楽園目指して狩猟開拓ときどきサウナ～

author 颪楼
illustration Lard

tenseisaki ha kita no henkyoudesitaga
seirei no okagede
kekkou kaitekidesu

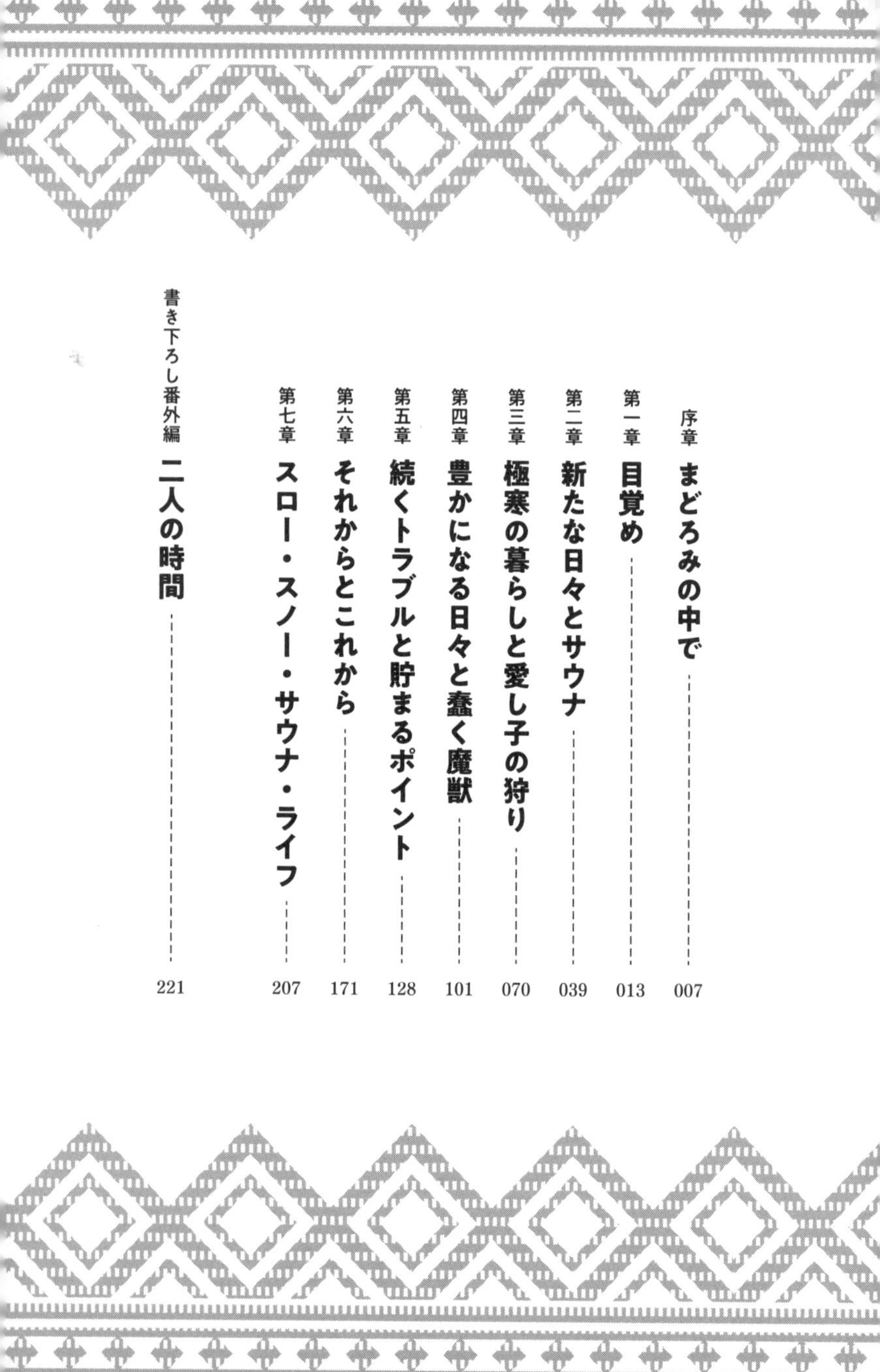

序章　まどろみの中で

白く長い木々の合間に降り積もった、真っ白な雪が凍りつくほど冷たい空気を吸い込んで、ゆっくりと深呼吸をしてから周囲を見回す。

今日は狩りの日、食料を得るため村を守るために欠かすことのできないこと……ついでに俺の成人の儀を兼ねている。

この村では狩りが出来てようやく一人前、村に恵みをもたらしてこそ自立した大人として認められる。

そんな狩りには多くの村人が参加してくれていて……白い布地を赤と黒の線状に染め、独特な模様を作り出した服と無地のズボンを身にまとい、脛まで覆う毛皮のブーツを履いて、金属や動物の骨、木材などで作った大きな槍を持った……熟練の狩人に年の近い若者達に、普段は口と態度が悪い髭面のおっさんに……まさかの族長までが参加してくれている。

「今日は彼が成人するめでたい日……皆で頑張りましょう」

「おお、生真面目すぎる坊主を、しっかりと大人の男にしてやらんとな」

そんなことを言い合う族長達。

本来であればこんなただの狩りにこんなに大勢が駆り出されるなんてことは無いのだけど、今日は特別……ある日村に捨てられていた、どこの誰が両親かも分からない捨て子の俺の狩りを成功させようと、多くの村人達が集まってくれていた。

村のほとんどの人が俺を村人として受け入れてくれていて、温かく接してくれているけども、それでも余所者だろうと白い目で見る連中もいる訳で、もし成人の儀でもある狩りに失敗したら、そんな連中が何を言い出すやら分かったもんじゃない……から手伝ってやろうと、そういうことらしい。

捨て子なのは事実だし、白い目で見られても仕方ないと思っているし、仮にそうなっても俺は気にしないのだけど……捨て子の俺を何の見返りもなく温かく迎えてくれている、心優しい……優しすぎる皆としては、そうはさせたくないのだろう。

……そんな皆のことを思うと、思わず槍を握る手に力が入る。皆の役に立ちたいと……皆の優しさに報いたいと、心の中が熱くなる。

絶対にこの狩りを成功させて、立派な獲物を手に入れて、皆の役に立ってみせると、そんなことを考えながら……改めて周囲を見渡す。

今は冬、一面を分厚い雪が覆っていて……そこからまばらに生える白い皮の木々と皆以外に視界に入る物はない。

こんな所に獣がいるのかと不安になる程真っ白だが、もう少し先に行くと冬でも青々とした葉を生やす木々が生える一帯となり、そこに結構な数の獣がいるらしい。

ヘラジカかクマか、ウサギかクズリか……ウサギやクズリはあまり肉がとれないから他の獣が良いなぁと、そんなことを考えた瞬間、白い雪を舞い上げながら駆ける黒く大きい何かが視界に入り込む。

まだまだ緑の葉は見えない、人里から近いこんな所に獣はいないはず……。

そもそもあんな姿の獣なんて見たことがない、ならあれは……もしかして魔獣か？　なんでこんな所に魔獣が!?　このまま突っ込んでくるとすると、位置的に族長が襲われる!?

そんな風に思考が凄い速さで展開していき、そして何かしなければと思い至る、だけども何をして良いか分からずに混乱しそうになっていると、自分の内側から鋭く力強い声が響く。

『助けろ！　散々世話になった族長だろ!!』

その声を受けて俺はそれ以上何も考えずに雪を蹴り上げて駆け出す。

「危ない！　魔獣です!!」

そう声を上げながら必死に足を動かし、族長の……雪のように真っ白な肌に、長く伸びた白金の髪、宝石のような淡い青色の瞳の女性の下へと駆けていって、そして彼女を突き飛ばし、迫ってくる黒い影の目の前へと躍り出る。

瞬間、黒い影の……この世界を穢し乱す化け物、獣に似て非なる存在、クマに似てなくもない魔獣の、おぞましい腕が振るわれて俺の体がもの凄い勢いで吹っ飛ばされる。

ああ、死んだなと確信する勢いで、結構な距離を吹っ飛ばされて木の幹に後頭部と背中を思いっきりぶつけて……あまりの痛みに悲鳴を上げながら白い雪の中へと倒れ伏す。

子供の頃から頑丈で、転んでも木の上から落ちても大した怪我もしなかった俺だが、今回ばかりは無理だと確信する。

『ヴィトー!?　大丈夫!?　そのまま雪の中で寝てると流石に君でも風邪引いちゃうよ!』

また別の声……女性のような甲高い声、だけども族長とは別の……どこかで聞いたことのある声。

俺の名前を呼んでいるその声に雪の中に倒れたまま、何も考えずにただ言葉を返す。

「風邪なんて今まで一度も引いたことないだろ……何言ってんだよシェフィ」

そう言って俺は自分で自分に驚く、なんでシェフィ?　なんでその名を?　シェフィってのは、村で皆が大切にしている精霊の名前のはず……。

『やっと思い出したの?　ねぼすけさんだったね?　ほらほら、早く起きてよ!　ヴィトー。精霊の愛し子である君ならこのくらい平気でしょ?』

更にその声はそんなことを言ってきて……俺はそこでようやく自分が何者であるかを思い出す。

精霊の愛し子、精霊に作られた存在、人間のような何かで……人間とは思えない程頑丈な体を持つ、特別な存在。

そんな体に宿った魂は、人生を終えた元日本人のもので……さっき族長を助けろと声を上げた意識が段々と覚醒していく。

覚醒しこの世界で生きてきたヴィトーの意識と、元日本人の意識が混じり合い……俺という人格が出来上がり、そんな俺はシェフィに向けて声を上げる。

「シェフィ、皆を、族長を助ける力を……！　あの時に約束しただろ……！」

そう言って俺は、いつの間にか目の前に浮かんでいたソレに、精霊シェフィに向けて手を伸ばすのだった。

第一章　目覚め

降り積もった雪の中に仰向けに倒れながら声を振り絞り、必死な思いで手を伸ばす。

『おはよう、ヴィトー……約束も思い出してくれたみたいだね』

するとシマエナガに似ているようにも見える白い毛玉のようなソレは、高く女性のようにも思える声を返してくる。

精霊……以前の世界では伝承の存在でしかなかった存在、それを見て俺はここが異世界なんだということを改めて自覚する。

周囲を埋め尽くしているのは真っ白な雪、肺に入り込んでくる空気はあまりにも冷たくて肺が内側から凍りつくかと思うほどで……こんな冷たい空気初めて吸ったと、そんなことを考えてから、どうしようもない違和感が頭の中に溢れてくる。

初めて吸ったなんて、そんなことある訳がない、15年この世界で生きてきたじゃないかと自分で自分に突っ込んで……まだ意識が混乱しているみたいだな。

『ちゃんと思い出してくれたから……うん、助けてあげるよ、ヴィトー……今までの君の善い行いに対し精霊シェフィが対価を与えます。

……で、助ける力って具体的に何が欲しいの？』

目の前に浮かんでいる精霊……毛に覆われた顔はまんまるで、目はつぶらで口は小さく、羽毛に覆われていながらも表情豊かで……煌めく宝石で飾りつけた白くもこもことしたケープのような服を着た、手の平ほどの大きさのシェフィはそう言って首を傾げて……それを受けて俺は起き上がって服についた雪を払い、頭を悩ませながら言葉を返す。

「そ、そんなことといきなり聞かれてもな!?　皆がピンチの時にあんまり悠長なことは……。

いや、待てよ、そりゃぁ、狩猟って言ったらやっぱり猟銃が思い浮かぶ訳だけど……猟銃をくれと願ったとして叶えてもらえるものなのか？」

『うん、良いよ、と言ってもボクにはそれが何かよく分かんないんだけどね、君の知識の中からそれがどんな物であるかを教えてもらって、それを向こうの――――に確認して、そして君がそれに相応しい善行をしていたなら、精霊の工房がそれを作ってくれるよ』

一部分だけ何故だか聞き取れない声で、そう言ってからシェフィはゆっくりと手を伸ばし、何もなかったはずの空中から金色の塊を引っ張り出す。

金属のようでもあり液体のようでもあり、不思議な輝き方をしているそれをシェフィは、手で摑んで叩いて引き伸ばして……空中に作り出した作業台、のような何かに置いて、氷で出来たハンマーのようなもので叩いていく。

「お……おお、凄いなそれ……工房って言ったか？　工房で猟銃を作ってくれているのか？　そ、そんな雑な作り方で出来るものなのか？」

思わずそんな言葉が口から漏れ出ていく。

だけどもシェフィが返事をすることはなく、ただただハンマーを振るい続けて、シェフィが叩いていた何かがどんどんと膨らんで大きくなり、大きくなりながら変形していって……形が出来上がったなら色付き、色が付いたなら急に重量を得たかのように落下し、それを受けて俺は慌てて手を伸ばし、それを受け止める。

それからそれを握って持ち上げて……背中や後頭部を打ち付けた痛みを忘れてしげしげと眺める。

上下二連式の銃身、木製のストック、本体側面の金属パーツにはシェフィそっくりの紋章が刻み込まれていて……予想以上に出来が良い、思っていた以上にしっかりとした猟銃に仕上がっている。

「マジか……もっと安っぽいものが出来上がるもんだとばかり思ったんだが、ガンショップとかに高級品として並んでいても違和感ないいんじゃないか？　これ？

……っていうかあれだ、猟銃だけあっても意味ないだろ、銃弾は作ってもらえないのか？」

『もー、ワガママさんだなー！』

礼も言わずにさらなる要求をしてしまった俺に、口を尖らせながらそう返したシェフィは、再び金色の何かを引っ張り出し、先程と同じように作業台の上でハンマーで叩いて変形させていって……映画やゲームでよく見た感じの『銃弾』を作り出し、またも落下してきたそれを俺は大慌てで受け止める。

うん、間違いなく銃弾だ、正直そこまで詳しくないのだけども、猟銃やショットガンなんかに使うものに見える。

10発のそれは機械で作ったかのように綺麗で寸分違わず同じものとなっていて……あんな訳の分からない作り方で、よくこれを作り出せたもんだなと感心しながらそれらを上着のポケット、真っ白い毛で編まれたコートのような服のポケットへと押し込む。

直後、さっき俺がぶつかった木の枝から雪がドサドサッと落ちてきて、頭の上に降り積もり、それを大慌てで払い落とす。

それからふと気になったことがあって手袋を外すと……以前の俺のものとは全く違う、白く綺麗な肌に包まれた手が現れる。

再構築された俺の体は前世のそれとは全く違ったものとなっている。肌は白く整った目鼻立ち、銀髪銀眼で……と、そこまで考えた所で猟銃の金属パーツに映り込んでいる色に俺は驚く。

鏡のようにはっきりと映り込んではいないが、明らかに銀髪ではないことが分かる。銀髪に黒髪が混じっているというか、墨でもかぶったようというか……いや、今はそんなことを気にしている場合ではないだろう。

それから以前のとはかなり作りの違う新しい体の状態や、怪我の程度なんかをしっかりと確認し、脇に抱えていた猟銃を持ち直し……恐らくこれかなというレバーにそっと触れて、恐る恐る何度か触れてみてから……これは引き金じゃないのだからいきなり暴発することもないだろうとしっかりと操作して……猟銃を中折状態にしてみる。

中折状態にしたなら上下に並ぶ銃身を覗き込み、空なことを確認し……猟銃ってこんな仕組みになっているんだなぁなんてことを思いながら、ポケットに押し込んでおいた銃弾を二発取り出し……銃身に一つずつ押し込む。

そうしたなら折れていた猟銃を元に戻し、ストックを肩に当てて構えてみて……周囲に点在している木……長く太い針葉樹へと狙いを定めてみて、ぶっつけ本番で使うのも怖いからと引き金を引こうとする。

すると何か硬いものが挟まっているかのような感触があり引き金が全く動かず、ああ……安全装置ってやつかとすぐに気付いて、レバーより手前側にあった突起のようなのを恐る恐る操作し……そうしてから改めて引き金を引く。

すると凄まじい轟音が響き渡り同時にストックを当てた肩に衝撃が走り……！　狙いを定めていた針

葉樹が着弾点からメキメキと音を立ててゆっくりと折れて、雪の中に倒れて太陽の光を受けて煌めくパウダースノーを辺りに撒き散らす。

「……さ、散弾じゃないんだな、一発弾ってやつか？　それにしても威力が高すぎる気もするが……いや、まぁ、うん、あんな化け物を相手にするならこれくらいの火力が必要か」

あまりの威力に呆然としながら俺がそんなことを呟くと、同じく呆然としたシェフィが、舞い飛ぶパウダースノーを浴びながら声を上げてくる。

『うわぁ……――から聞いてはいたけど、あっちの世界の武器って凄い威力なんだねぇ！　うんうん、まさかの威力で驚いちゃったけど、これでこそこっちに来てもらった甲斐があるってもんだよ！』

なんてことを言ってシェフィが嬉しそうに周囲を舞い飛ぶ中、俺は猟銃を中折にし、空になった薬莢を回収し……その代わりに銃弾を装填する。

それから中折状態にした猟銃を元に戻して構え直し……周囲を見回し、自分が吹っ飛んできた方向にあたりをつける。

改めてそちらに意識を向けると、小さく声が聞こえてきていて、どうやら魔獣との戦いが始まってしまっているようだ。

ベテラン揃いの皆が負けるとも思えないが、苦戦はしていそうで、早く助けなければと意を決した俺は猟銃を構えながら、声のする方へと……雪が支配する世界を駆けていく。

　この辺りはとても寒く一年の半分以上を雪に覆われている。

　温度計はないので気温は分からないが恐らく冬の北海道よりも厳しい寒さで、そんな世界にある村に、シェフィの力によって生み出された俺は……どういう訳か前世の記憶を失ってしまった状態の、身元不明の孤児として今までの15年を生きてきた。

　余分な食料なんて肉片一欠片分もない厳しい環境だと言うのに村の皆は俺のことを温かく迎えてくれて、まるで家族のように扱ってくれて……何故両親がいないのかと嘆く俺のことを優しく包み込んでくれていた。

　そんな皆を守るのが俺の……俺が忘れてしまっていた本来の使命だ。世界を蝕む魔物を狩るために作られたのが俺という存在だ。

　シェフィは魔獣やらのせいで滅びかけているこの世界をどうにかしようと、精霊が存在しない世界……日本で生まれながら精霊との親和性の高い魂……つまりは俺の魂を呼び出して、器となるこの体を作り出した。

　お願いだから世界を、皆を助けてくれと、戦う力を与えるから助けてくれと……何でもするから、シェフィに出来る範囲で願いを叶えるからと懇願しながら今の俺を生み出した。

「だったらもっと早く事情を説明してくれても良かったんじゃないか!!

念願だったスローライフというか、平穏無事な日々を送らせてくれたことには感謝してるけども
さ！」

水獅子のブーツで雪を蹴り上げて必死に駆けながら俺がそう言うと、俺の周囲をフワフワと飛ぶシェフィがとぼけたような声を返してくる。

『赤ん坊に魔獣を倒させる訳にはいかないじゃないかー、無理に目覚めさせるのも危険だったしねー、だから成人するまで待ってたんだよ。

その代わりヴィトーが願っていたスローライフを送れるように、常に側に居てサポートしてあげてたでしょ？』

「確かに良い暮らしをさせてもらっていたが……それならせめて今朝とかにだなぁ!!」

『うーん、その時が来たと思った時にでも事情を話すつもりだったんだよー、たとえば今日の狩場までの道すがらとかー……なのにヴィトーがいきなり魔獣に襲われちゃうからさー』

ヴィトー、それが俺の今の名前……魔獣を狩るための、村の皆を守るための、生まれながらの狩人、見た目はこの辺りに住まう人間そっくりだが恐らく人間ではない……精霊に作り出された何か。

その体はとても頑丈で体力に満ちていて、魔獣の体当たりの直撃を受けても骨折一つしておらず、会話をしながら結構な距離を駆けたというのに全く息が切れていない。

息が切れないものだから駆ける速さは一切落ちることなく、疲れることもなく……そのおかげで

すぐにヒグマのようなグリズリーのような、巨大な魔獣と戦っている皆の下へとたどり着くことが出来る。

皆は大きな槍を、木製の穂先だけが鉄の槍を構え突き出し、どうにか魔獣の体を突こうとしているが、鋼のように硬いと言われている真っ黒の体毛が攻撃全てを弾いてしまう。

魔獣の大きさは恐らく3m程、目は真っ赤に染まり、牙も爪も生物とは思えない程に鋭く凶悪で……そんな爪を構えた長く太い腕が皆を守ろうとして前に立つ族長、驚く程に美しい女性の頭へと振り下ろされようとしている。

「皆ぁ!!　魔獣から離れてくれぇ!!」

駆けながら全力で叫ぶ、前世の時より高く細くなったその声は遠くまで響いてくれたようですぐに皆が反応を示してくれる。

突然の声に驚きながらこちらを見やり、俺が猟銃を構えているのを見て、それが何なのかは分からないまでも、何かをしようとしているのだろうと察してくれて……今まで日々を真面目に、孤児なりに皆に認めてもらおうと誠実に過ごしてきたおかげか、皆が俺の言葉に従ってくれて、何人かは槍を全力で投げつけることで隙を作り、別の何人かは突然のことに呆然としている族長の腕を掴んで駆け出す。

十数人の人間が一斉に、とにかく距離を取ろうと駆けて駆けて……そんな皆の動きに魔獣は困惑している様子を見せ、一体誰を追撃したものかと周囲を見回し、そして猟銃を構えた俺へと目を付けたらしい魔獣は、ヘドロのように濁ったよだれを周囲に撒き散らしながらこちらへと駆けてくる。

そんな魔獣の頭へと狙いを定めて猟銃を構え、絶対に外すものかと、これでトドメをさしてやると力を込めて引き金を引こうとしていると、俺の頭の上にちょこんと座ったシェフィが静かに響く声をかけてくる。

『――――に教えてもらったんだけど、闇夜に降りる霜が如く、引き金はそっと引くものらしいよ。ヴィトーが力んだからって威力が上がる訳じゃない、弾丸が早く飛ぶ訳じゃない、そっと引いて銃身がブレないようにして……全弾外れたら弾を込め直して、もう一度撃てば良いんだよ』

その声を受けて俺は少しだけ冷静になって、胸の中で熱くなっていた息を静かに吐き出し……白くなった息が視界を埋める中、シェフィの言葉の通りそっと、静かに引き金を引く。

するとさっきと同じように轟音が響き衝撃が肩を叩き……そして銃弾が魔獣の頭へと直撃し、直撃を食らった魔獣は脳震盪でも起こしたかのように足を止めてふらりとよろける。

「……き、効いてねぇ!?」

『効いてる効いてる！　魔獣がこんなに簡単にふらつくなんて、猟銃って本当に凄いんだねぇ！』

思わず張り上げた俺の言葉に対し、シェフィがそう返してきて……効いているのならと俺は、大慌てで猟銃のレバーを操作し中折状態にし……空となった薬莢を震える手で引っ張り出そうとして、何度か失敗しながら引っ張り出して……それをポケットにしまい、代わりに新たな銃弾を取り出し、慌てるな慌てるなと自分に言い聞かせながら装填していく。

二発装填したなら猟銃を元に戻し、しっかりストックを肩に当てて構えて……未だ脳震盪から回復していないらしい魔獣へと向けて引き金を引く。

まず一発、それからすぐに二発。

猟銃がどういう仕組みで連射出来るのかは分からないが、とにかくその連射は成功し、一発目はよろける魔獣の肩の辺りに、そして二発目は悲鳴を上げながら怯む魔獣の頭へと直撃し……二発目でついに魔獣の毛皮を貫くことに成功したのか、赤黒い魔獣の血が吹き出し、辺りの雪を染めていく。

そうして魔獣はゆっくりと力を失い、雪の中へと倒れ伏して……直後、近くの木の陰に隠れて様子を見守っていたらしい皆が大歓声を上げる。

「まさかあの魔獣があんなにあっさりと……」

「ヴィトーが、ヴィトーがやりやがったぞ!!」

「なんだあの杖！　もしや精霊様のお力なのか!!」

「はっは――！　ざまぁみろ魔獣め！　我らの村は精霊様が守ってくださってるんだ!!」

「ありがたや、ありがたや、精霊様がお姿を……！」

「これでオレらの村にも精霊様のお力が……！」

狩りが成功したことを喜んで歓声を上げたり、シェフィに向かって頭を深く下げ頭の上で手を組んで祈りを捧げたり、そんな声を耳にしながら俺は深く大きなため息を吐き出し、白い雲に覆われた空を見上げて深呼吸をし……そうしていると族長が駆け寄ってきて、声をかけてくる。

「ヴィトー！　ヴィトー！　よくぞ無事で……いえ、よくあの魔獣を倒してくれました！　それにまさかあなたにそんな力があったなんて、もしかしてあなたは精霊様の……！」

そう言って族長は俺の肩を掴んで揺らしてきて、そうしながらその綺麗な目で俺のことをじっと見つめてきて……それからも繰り返しヴィトーどうかしましたかとか、ヴィトーその髪の色はどうしたのですかとか、そんなことを言いながら俺の名前を呼び続ける。

そうやって新しい名前を連呼されたことで俺はようやくというか改めてというか、二度目の人生が始まったのだということを自覚するのだった。


族長の質問攻めが一段落した頃、周囲では狩りの成功に感謝する歌声を上げながらの魔獣の解体が始まった。

俺は自分が狩ったのだからとそれを手伝おうとしたのだが、そんなことよりも猟銃のこととか髪

色のこととか……一体全体何が起きたのかを説明する方が先だという話になり、一足先に村へと戻ることになった。

村に戻って族長のコタ……この辺りの住居というかテントというか、すっと高く伸びた幕屋へと向かって、そこで族長や詳しいことを知りたがっている皆に話をしろとのことだ。

そんな族長のコタには、俺がやらかした狩りの話を聞きつけたらしい各家の家長が集まっているんだそうで……面倒くさいことになったなぁと小さなため息を吐き出した俺は、シェフィを頭に乗せて猟銃をしっかり抱えて、意気揚々と歩く族長の後を追う形で村の中央奥にある一番大きなコタへと足を向ける。

族長のコタはとても大きく、利便性とか快適性、運搬しやすさとかを無視した作りとなっている。

そんなことよりも威厳が大事で、狩りに出た狩衆達の目印となることが大事で……一面を白い雪に覆われた真っ白なこの世界で迷子にならないようにという、灯台のような役割も持っている……らしい。

族長のコタとは別に見張り台とか焚き火台もあって、そちらの方がよっぽど灯台らしい役割を担っているのだが、昔からの伝統というか文化というか、そういうアレで今でも大きなコタになっているようだ。

それだけ背が高ければ中は相応に広い空間となっていて、戸を開けて足を踏み入れるとそこには

10人のおっさん達が車座になっていて、それでもかなりの余裕というかスペースが余っている。

焚き火を囲うように座るおっさん達の周囲には世話係なのか何なのか、何人かの若い女性の姿もあって……おっさん達も女性達も、これまでに俺の……ヴィトーの人生をなんらかの形で助けてきてくれた人達で……今も親しみやすい笑みを浮かべて俺のことを歓迎してくれている。

そのうちの半分程がやっぱりシェフィを見るなり祈りを捧げていて……俺の頭の上の白い毛玉が精霊シェフィであることもすでに伝わっているようだ。

そして車座の一番奥へと族長が……赤、青、黒、紫と色鮮やかな肩掛け上着に、足首まである長いロングスカートといった服装の、細身だけども凛々しく背筋をピンと伸ばした、前の世界であれば大人気モデルになれそうな女性の姿が足を進めて……星のように輝く目でもってこちらを、まっすぐに見やりながら声をかけてくる。

「どうしたんですか？　ヴィトー？　ぼーっとして。

……そんな所に突っ立っていないでそこにお座りなさい……座って、あの後何があったのかとか、その武器の話とか、その髪色のことを聞かせてください。

……それが終わったらあなたの頭の上で幸せそうな表情をしている……精霊様、ですよね？　そちらについての説明もお願いします」

力強くハッキリとした低い声でそんなことを言ってくる族長に俺は、どう返したものかと悩みながら用意された席……おっさん達がのそりと動いたことにより出来上がった隙間にゆっくりと腰を下ろす。

すると俺の頭の上で幸せそうな顔をしていたらしいシェフィが、俺が何かを言い出す前に元気な声を上げる。

『この武器はねー、ボクが作ってあげたんだよ！　ボクがボク達の工房……精霊の工房でヴィトーの知恵の力と、それと向こうの……――の力を借りながらちょいちょいって感じで作ったんだ！　ヴィトーがね、良いことしたら力がたまるんだよ！　力が材料になるから良いことしただけたくさん作れるんだ！

難しいものはたくさん力使うけど、簡単なのならそんなに力使わなくて……ヴィトーが知ってるものなら大体作れるよ！

ヴィトーの髪色の変化は……なんだろうね？　前世の影響なのかもね？』

元気一杯、天真爛漫……そんなシェフィの言葉に族長はもちろん、各家長のおっさん達も首を傾げて……そして俺も首を傾げることになる。

「あの……えっと、精霊様？　ですよね？　まずはその、精霊様ご自身のことを教えていただきたく……。

それからその、ヴィトーの力と精霊の工房についてと……それとよく聞き取れなかったあちらの、何かについても教えてください」

そしてそんな俺達を代表する形で族長が問いを投げかけ……それを受けたシェフィは俺の頭上でパタパタと手足を動かしながら言葉を返す。

『ん？　ああ、ボクはシェフィ！　精霊だよ！　よろしくね！

君達シャミ・ノーマの一族は毎晩欠かさず熱心にボクに祈ってくれていたから、ボクのことは知っているものとばかり思ってたよ。

で……ヴィトーの力は、精霊の愛し子だからね、凄い力があるよ。

精霊の工房はボク達の世界……精霊の世界が作り出している、ボク達の生活に欠かせないもので、色々なものを凄い早さで作る事ができるんだよ！

この世界だって大陸だって工房が作り上げた！　なんて話があるんだから！　本当かどうかは知らないけど!!

そして工房を動かすには力が必要で……ヴィトーはそのための子なんだよ。

それと――――は……あ、そっか、こっちでは表現する言葉がないんだっけ?　まぁ、うん、向こうの世界のボクみたいなものと思えば良いよ、ヴィトーもほら、前世でよく会いに行ってたでしょ？　ハツモウデ、だっけ？

まぁ、うん、こんな感じの説明で分かった？　アーリヒ』

アーリヒと名前で呼ばれた族長は、シェフィの言葉をしっかりと受け止め理解しようとして……うんうんと唸り声を上げながら頭を悩ませ、それでも今ひとつ理解出来なかったらしく、シェフィにあれこれと問いを投げかけ始める。

そんな中俺はシェフィの言葉の中で特に気になった部分についてを考え始める。

ハツモウデ……ここで日本語を耳にするとはなぁ、初詣ということは神社の、神様のこと……なんだろうか。

神様が実在していて、シェフィとコミュニケーションを取っていて……猟銃の情報も神様がくれた、のだろうか？

そんなことが出来るのなら俺の存在なんて必要ないようにも思えるが……シェフィの言葉によると、俺は必要不可欠であるらしい。

……俺がシェフィと元の世界の神様の橋渡しみたいなことを、無意識的にしているんだろうか？　なんてことを考えている間にも、シェフィとアーリヒの問答は進んでいき……その問答のおかげで段々と情報が整理されていき、そのおかげで俺達は精霊の工房がどんなものであるかを漠然とではあるけども理解することが出来て……それを要約すると大体こんな内容となる。

――精霊の工房を作り出しているという精霊の世界は、ここではないどこかにあり、精霊ではない人間にはそれに入ることも、それに干渉することも出来ない。

そんな世界が作り出す工房……あの作業台のようなものを動かすにはシェフィと精霊の愛し子である俺と、俺が善行をする度に貯まる力……あの金色の金属みたいな『何か』が必要となる。

何をもって善行とするか、どのくらいの善行であれがどれくらい貰えるかはシェフィ達の、精霊の価値観で判断される。

あの金属のような何かがどんな存在なのか、なんと呼ばれている物質なのかは、精霊達だけの秘密なんだそうで……シェフィは暫定的にアレをポイントと呼んでくれと言い出した。

何故ポイントなのかと言えばその方が獲得量や消費量、残量を知らせる時にシェフィが楽だからだそうで……折を見て残量を示すポイントカードなるものを作ってくれるらしい。

そして工房で何を作るかは愛し子である俺が判断する必要があるらしく……俺の知識などが影響する……らしい。

単純な作りの物は低ポイントで作れて、複雑な作りの物は高ポイントが必要となり……何をもって単純、複雑とするのかはシェフィ達が判断する。

今回作った猟銃と弾丸はどちらも高ポイントの複雑な物に分類されて、これらを作ったことにより俺が今までの人生で……ヴィトーとして貯めたポイントのほとんどが失われてしまったそうで、追加の猟銃が欲しいなら相応の……十数年分の善行を行う必要があるそうだ――

『ついさっき魔獣を狩ったからその分があって、村の皆のために魔獣を狩るっていうのは人の命を助けるくらいの善行だから、そんな感じのことを繰り返していたらー……すぐに結構なポイントが貯まるんじゃないかな？

まぁー貯まったポイントで何を作るかっていうのはヴィトーに任せるから、全部はヴィトー次第なんだけどね』

そんな言葉で説明を締めくくったシェフィに対し、家長達は何も言えずにポカンとした視線を送ることになり……あれこれと問いを投げかけていた族長もなんとも言えない顔をして黙り込んでしまう。

何か凄い力ではあるらしいけど、具体的に何が出来るかはよく分からない。

凄い武器を作ってはくれたけど、それを量産するには十数年もの時をかけての善行ポイントが必要。

……役に立つんだか立たないんだか、よく分からないそれにどういった感想を抱けば良いのやら……。

そしてそんな力の要が俺ということも、皆が黙り込んでしまっている理由なのだろう。

突然現れた信仰の対象、精霊に作り出された何か、つい昨日までただの捨て子と思って接していた何か……そんな何かに対しどう接したら良いのか、族長も家長達も判断出来ずにいるようだ。

そうやって出来上がったなんとも微妙な空気の中、俺もまた黙り込んであれこれと頭を悩ませる。

……精霊の工房を上手く使えば何か凄いことが出来るんじゃないか、皆を助けられるんじゃないか、そうしたらもっとポイントが貰えるはずで……自分のような存在でも皆が受け入れやすくなるはずだ。

だから何か、何か良い手はないか、良いものを作れないものか……出来るなら消費ポイントは少ない方が良い、それでいて皆の役に立つ、皆が喜んでくれるものがいい、そんな都合の良いものあるのだろうか？

前世の世界にあった何か、俺が知っている何か……日本にあった何か、それでいてこの村では中々手に入らないもの……。

そう考えた俺の頭の中にふっとある物のことが浮かんで……これなら喜んで貰えそうだと頷いた俺は、アーリヒへと向き直り、口を開く。

「アーリヒ、あれを借りても良いですか？」

そう言ってから立ち上がってコタの隅へと向かい、木製の棚に置かれていた食事用の陶器……両手で抱える程の大きな器を手に取ると、

「え、ええ、構いませんけど……」

と、アーリヒがそう返してくれて……俺は手にした器をシェフィの方に差し出して声を上げる。

「シェフィ、残っているポイントで作れそうなら、この器の中に作って欲しいものがあるんだが……」

と、俺がそう言うとシェフィは、ふわりと浮かび上がって俺の目の前までやってきて、それから何故か耳……があるらしい顔の横に手を当て、自分にだけ聞かせてくれと、そんなポーズをしてきて……俺はそうする理由がよく分からないまま小声でそれの名前を口にする。

するとシェフィは俺へと視線を向けてニンマリと笑って……どうやらシェフィは、俺やシェフィの存在をどう受け入れて良いか分からずに困っている皆に、ちょっとしたサプライズを仕掛けようとしているようだ。

そんなシェフィの笑みを見て、俺がなんと言ったら良いのか分からなくなっていると、シェフィは猟銃や弾丸を作った時のように金色のアレ……ポイントと作業台をどこからともなく引っ張り出し、今回も同様にハンマーで叩いていく。

俺が作ろうとしているものは、ハンマーで叩いて作るようなものではないのだけど、それでも工房はそれをしっかりと作り上げていって……そして作業台からころりと完成したソレが転がり落ちて、器の中でカコンと音を鳴らす。

直後、こちらの様子を静かに見守っていた女性達が、ソレが何であるのか気付いたのだろう凄まじい勢いで立ち上がり、それを受けて家長達も立ち上がり……そして器の中へと視線をやった家長達は女性達に遅れてそれが何であるかに気付き、異口同音に声を上げる。

「「「黒糖か!?」」」

黒糖、サトウキビの絞り汁を煮詰めて固めたもの。ただ煮詰めるだけという簡単な作り方で……紀元前の発明となればポイントもそんなに多くは消費しないはずだ。

そう考えてシェフィへと視線を送ると、シェフィは「正解」とでも言いたげな様子でニッコリと微笑んで……それから器がいっぱいになるまで黒糖を生産し続ける。

「黒糖がこうして手に入るのなら、これからは沼地の商人共のぼったくりに耐えなくて良い訳か！　だーっはっはっはっは!!　見たか沼地の腰抜け共め、これがお前らが見限った精霊様のお力だ!!」

その光景を見て家長の一人がそんなことを言って心底から愉快そうに笑い……他の家長達もそれに続いて笑みを浮かべ涙を浮かべ、脱力したのかストンと席に腰を下ろし、深い溜め息を吐き出す。

この辺りでサトウキビを育てることは気候的に不可能で、だというのにとても甘く薬になるとも信じられている黒糖の需要は物凄く高くて……今までは沼地、南の方からやってくる商人達に大量の毛皮や木材、琥珀などを渡すことで手に入れていた。

それがこうして手に入るのなら、こんなにも大量に手に入るのなら、村が抱えていた経済的負担は一気に無くなり、食卓も経済状況も豊かになることだろう。

『確かに作ったのはボク達の工房だけど、考えたのとそのための力をくれたのはヴィトーだからね！』

それぞれの方法で喜ぶ家長達にシェフィがそんな言葉を返すと、家長達は俺の方を見てまたそれぞれの方法で礼の言葉を言い始めて……俺はなんとも照れくさい気分になりながら、

「皆が今まで大切に育ててくれたおかげですよ」

と、そんな言葉を返す。

すると家長達はまた大笑いをして……場が一気に明るくなる。

それから家長達は今夜は美味い酒が飲めそうだとそんな雑談を始めて……俺は器いっぱいの黒糖の生産を終えたシェフィに声をかける。

「えぇっと、シェフィ、俺が溜め込んだ力は……ポイントはまだ残っているかい？」

『うん、まだあるよ、今度は何作る？　砂糖でも作る？』

するとシェフィはそう返してきて……俺は首を左右に振る。

砂糖の作り方は……正直はっきりとは分からないのだけど、黒糖よりかは確実にややこしい方法だったはずで……その分だけ黒糖よりも余計にポイントを消耗してしまうのだろう。

黒糖には独特の香りとクセがあり、それが料理の邪魔になることもあるけれど、その程度の差のためにポイントを使ってしまうのは無駄に思えて……俺はアーリヒの許可を取った上で別の器を手

に取り、先程のようにシェフィの方へと差し出し、またも小声でその名前を伝える。

『それは工房で作るようなものじゃないから駄目』

するとシェフィがそんな声を上げる。

それから確かにあれは天然自然の品というか、工房で作るようなものではないからなぁと小さなため息を吐き出した俺は、ならばと別の名前を小声で伝える。

するとシェフィは笑みを浮かべて頷き、ポイントを引っ張り出しての作業を始めてくれて……ハンマーを振り下ろす度にサラサラと白い粉が器の中へと降り積もり……それを見た家長の一人が大きな声を張り上げる。

「今度は塩か！　だーはっはー!!　見るが良い！　シャミ・ノーマの一族の陽は沈まない！　これからは白夜の如く輝きに満ち溢れるぞ！」

その言葉の通り、器に降り積もっているのは塩だった。

俺が最初に希望したのは岩塩で……どうやら鉱床などでただ掘り出すだけの品なんかを工房で作ることは出来ないらしい。

岩塩ではなく塩なら……海塩を乾燥させて濃度を上げるとか煮出すとか、色々な作業を経ているものならＯＫということなのだろう。

正直塩の作り方も細かくは知らないのだけど、銃などに比べれば簡単なはずだ。

……海が近いこの辺りで塩は砂糖に比べれば貴重なものではない。

だけども作るためには多くの薪が必要で、寒い冬を乗り越えるので精一杯な状態で塩のために薪を大量消費するのは中々大変で……それがこうして手に入るというのは、誰にとってもありがたいはずだ。

他の家長達も黒糖の時程は興奮してはいないが、それでもにこやかな笑みを浮かべていて……女性達は塩よりも黒糖を舐めたい、料理に使ってみたいと、そんな様子で目を煌めかせている。

そんな様子を見て俺は、ひとまず恩返しと自分の価値を示すことができたかなと安堵して……小さなため息を吐き出してからコタの隅に腰を下ろし、どんどん盛り上がっていく家長達の、なんとも心が温かくなる光景を静かに眺めるのだった。

第二章　新たな日々とサウナ

あの後俺は、自分が異世界の人間であったこと、異世界での一生を終えたこと、それからシェフィに出会い、この世界を救うために、魔獣を倒すために今の体を作ってもらったことなどを話し……話をしながらポイントがなくなるまで様々なものを作り出した。

黒糖を毎日口にするようなら必要になるだろうと歯ブラシを……動物の毛と木の持ち手の歯ブラシを村人全員に、今の季節では手に入りにくい乾燥ハーブに乾燥野菜も出来るだけたくさん作った。

そしてそれらを村人達にタダであげたという善行によるポイントで何発かの弾丸なんかも作り出した。

岩塩は駄目でただ乾燥させただけの野菜は良いのか？　とか、工房で作ったものをあげることでポイントを稼げてしまって良いのか？　とか、やり方次第で作ってはあげて作ってはあげてを無限に繰り返せるんじゃないか？　などなど色々な疑問があったけども、そこら辺は全て精霊の気分次第、シェフィ達の主観で判断されるんだそうで……もし何か問題があれば精霊の世界の方で適宜修正対応をするから問題無い……らしい。

対応が柔軟過ぎるというかなんというか、信仰の対象である精霊がそんなバグ対応をするゲーム会社みたいな感じで良いのだろうかと思ってしまうけども、誰あろうシェフィが、

『良いよ良いよ、気楽にいこーよ気楽に、何かあったらその時に頑張ったら良いんだよ』

と、そんなことを言ってしまっていて……俺としてはただただそれを受け入れるしかなかった。

俺が精霊の愛し子……精霊が世界を守るために作り出した特殊な存在だということも、皆には問題なく受け入れてもらえて、これまでの日々を真面目な良い子として……捨て子という境遇にいじけることなくひねくれることなく、まっすぐに生きてきたということもあって、村を挙げて応援してもらえることになった。

自分達が住まう世界を守るためなのだから全面的に協力するし支えるが対価は求めない、工房での作成、作成した品の譲渡を強制することは厳禁とする。

それが族長であるアーリヒの判断であり決定で……家長達から反対の声が上がることは特に無かった。

精霊の工房の力を便利に、我欲的に使ってやろうだとか、武器を量産することで富や土地を得ようだとか、そんな意見が出ることは一切無く……精霊への信仰心のおかげか全く揉めなかったというのは素直に凄いと思う。

まぁ、信仰の対象が突然目の前に現れて、常識では考えられないような凄いことをポンポンとやらかしてくれているのだから、信仰心が強くなるのは当然のことかもしれない。

　……他に理由があるとすれば皆からの信頼篤いアーリヒのおかげもあるのかもしれないなぁ……。

　数年前に村に子供が少なすぎるということが問題になり、生命力に溢れた女性を長にしたら良い影響があるかもしれないと、そんな理由で若くして族長に選ばれることになり、それから長として不足の無い活躍をし……その行動力と決断力と実力で皆に認められて。

　運が良かったのか、それともアーリヒが決めた方針が良かったのか、ある年から安産が続くようになり、多くの赤ん坊に恵まれて……今では村の誰もがアーリヒのことを尊敬し、忠義を誓っている。

　そんなアーリヒが決めたのだからと、賛同している家長も多いはずで……うん、後で機会を見つけてお礼を言っておいた方が良いかもしれないなぁ。

　と、そんなことを自分のコタの中で……コタの中に敷き詰めた毛皮の上に腰を下ろし猟銃への弾込めの練習をしながら考えていると、二人の男の声が別々の方向から聞こえてくる。

「おう、塩壺はここに置けば良いのか？」

「小さな容器とかも持ってきたッスよ～！」

　一人は結構な大きさの塩壺……皆に配る塩をいれるためのものを軽々と抱えながらコタの中央に

ある、石作りの囲炉裏のような焚き火場と呼ばれる辺りをウロウロとしていて、一人は小さな容器が入っているらしい木箱を両手で抱えながら、コタの隅にある小さな棚の辺りへと足を進めていて。

「ああ、うん、塩壺はそこに、容器は棚の上に置いておいて」

と、俺がそう返すと壺を抱えていた男……自分で狩ったものだとよく自慢している分厚い毛皮を肩掛けのようにしている格好のユーラが焚き火場の側に壺を置き、もう一人の……動きやすさ優先で寒いだろうに薄い服と毛皮を身に着けているサープが木箱を棚の上へ押し込む。

二人は今日から精霊の愛し子である俺の護衛をしてくれるんだそうで、これから可能な限り行動を共にし、命がけで俺のことを守ってくれるんだそうだ。

コタも俺のコタのすぐ側に移動させて、狩りの時でも側にいて……何があってもどんな状況でも俺のことを優先してくれる……とかなんとか。

そんな面倒くさいというか命を失いかねない仕事を押し付けられてしまって、嫌がっているに違いないと思ったのだがそんなことはなく、むしろ二人はそれ程の重責を任せてもらえて嬉しいと、心から誇らしいと思っているようで……専属ＳＰとか近衛騎士とか、そういった仕事に就く事ができたと、そんな風に思ってくれているようだ。

「雑用でもなんでもよ、このオレ様に任せておけば良いからな！　村一番の力持ちのオレ様に出来ねぇことなんてねぇんだからよ！」

太く力強い声でそんなことを言ってくるユーラは、力が強いだけでなく村一番の巨軀でもある。

年齢は17歳、身長は多分2m以上、体重も100kgをゆうに超えているはずで……短く刈り込んだ茶髪も力強くまっすぐに伸びてトゲトゲとしている。

眉は太く首も太く顎なんかもがっしりとしていて……狩りの時には皆を守ろうとして無茶をするため、顔も体も傷だらけで……顎には特に大きな傷があり、ユーラが言うにはそこにだけヒゲが生えないものだから、格好悪すぎてヒゲを生やせないらしい。

「力仕事でユーラには敵わないッスけど、相談とかそういうのは自分にしてくださいッス。自分はお悩み相談だけじゃなくて計算とか天気読み星読みとかだって、出来ちゃうッスよー」

適当に置けば良いだろう木箱の位置を丁寧に調整しながら中性的な声でそう言ってくるサープは、今年で100歳になるという村一番の狩人だったという人から学んだという知識と経験を武器に活躍している好青年だ。

ユーラと同じで17歳、身長は……180cmくらいか、細身で少し痩せ過ぎかもしれない。

赤みを帯びた金髪はサラサラで長く、モテるからという理由で三つ編みにしている。

目は切れ長でつり上がっていて、鼻筋も通っていて……イケメンというかアイドルとかでも通用するレベルに格好良い。

賢くイケメンで高身長で……完璧過ぎるんじゃないかと思ってしまうが、一応欠点というか残念な部分があり……女性関係が少しだけだらしない。

女性にモテるもんだからすぐに告白されて、それを考えなしに受け入れてしまって、二股三股をしてしまうものだからトラブルになることが多い。

ただまぁ一線は越えないというか手を繋ぐまでが限界で、それ以上の関係になれないヘタレでもあるので、重いトラブルにはならないことが救いだろうか。

「ありがとう、二人共、色々とやらなきゃいけないことがあるから助かるよ」

俺がそう返すと二人はニッコリと嫌味の無い笑みを見せてきて……それからコタの中の掃除やら補修やらをし始めてくれる。

俺の力では出来ないこととか、俺が思いつかないようなこととか、俺の手が届かないところとか、そういった部分に手を回してくれて……そうしながらあれこれと話を振ってくる。

「そういやよ、すげぇ武器ですげぇ狩りが出来るヴィトーを守れってのはよく分かる話なんだが、世界を救うとかどうとか、あれってどういうことなんだ？　なんでヴィトーを守ったら世界を救うことになるんだ？」

「ああ、それは確か……えぇっと、自分もしっかり聞いてたつもりなんスけどよく分かんなかったッスねぇ、精霊様のお言葉は」

そんな二人の言葉を耳にしながら俺は、弾込めの練習を終わらせ……猟銃と弾丸を側に浮かんでいたシェフィに預ける。

するとシェフィは猟銃を空中のどこか、恐らくは作業台やポイントが存在している空間へと押し込み……まるで何も無かったかのように猟銃の姿がすっと消える。

誰かの手に渡ってしまったら大問題になりそうな猟銃と弾丸は、そうやってシェフィが管理してくれることになっている。

俺が寝ている時とかも預かってくれるそうで……便利というか安心出来るというか……とてもありがたいことになっている。

預けている間に整備なんかもしてくれるそうで……至れり尽くせりとはこのことだ。

……目に見えないその不思議空間を上手く使えば重い荷物の運搬なんかも簡単に出来るのでは……？　なんてことを考えてしまうが……いや、精霊の力を都合よく利用しすぎるってのも良くないだろう。

大体そういうのにはしっぺ返しみたいのがあるものだし……うん、危険物の管理だけに留めておくべきだろう。

そう心に決めて咳払いをすることでよくない考えを振り払った俺は、突然猟銃が消えたことに驚き目を丸くしている二人に言葉を返す。

「世界どうこうについては俺もよくは分かってないんだけど、魔獣が存在していると世界に良くない影響があるらしくて、魔獣を狩ることで数を減らして……出来ることなら絶滅させて欲しいんだってさ。

そのための俺で、あの武器で……これからどんどん狩りに出ることになるから、二人には迷惑をかけるかもしれないね」

と、俺がそう言うと二人は少しの間考え込んで……そうやって俺の言葉を飲み込んでからニカッと笑みを浮かべて、元気いっぱいの声を返してくる。

「迷惑なんて気にすんなヴィトー！　オレ様だって狩りはしてぇし、何よりお前には負けねぇからよ！　お前のこと守りながら魔獣をたくさん狩って、精霊様に認められてお前以上の力を手に入れてやるからよ！

遠慮なんかしねぇで足腰立たなくなるまで使い倒してくれや!!」

「ヴィトーにばっかり頼ってちゃぁ祖霊様に叱られるッスからねぇ、自分も善行積み上げて精霊様からポイントもらえるようになって……ヴィトー以上の武器もらって、ヴィトー以上の戦士になって見せるッスよ!!」

嫌味のない笑みに嘘のない声に、爽やかさすら感じる二人の言葉を受けて俺が思わず笑ってしまっていると、一体何をしていたのかコタのてっぺんの排煙などをするための穴の辺りまで浮かんでいたシェフィがふわふわと降りてきて、にっこりと微笑みながら口を開く。

『二人もヴィトーと一緒で良い子だね！　二人がそのまま良い子で、うんと頑張ってくれるなら力を貸すことを約束するよ！

シャミ・ノーマの一族もまたボクらの愛し子だからね！　頑張った子にはご褒美をあげないとね!!』

どうやらその言葉は二人にとって特別なものであったようで、二人の白い頬が一気に色付き、大きな笑みが膨らんで……笑みを弾けさせたようにくしゃりと顔を歪めて、目元に涙を浮かべながら片付けをささっと終わらせていく。

俺もそんな二人に負けじと手を動かし……片付けを終わらせたなら着替えカゴへと手を伸ばす。

今の季節、洗濯をするには凄い手間がかかるもので……村全体の洗濯物を集めて一度に、洗濯を得意としている女性達で行うことがルールとなっている。

洗濯が終わったら乾燥も、女性達が行ってくれて……そしてこのカゴに入れて各コタへと届けてくれる。

そうやって清潔にしていないとあっという間に虫が湧いてしまうらしい。

氷点下が当たり前のレベルで寒ければ虫なんて湧かなそうなものだが、人の体温があればそれで十分らしく、寒いからと重ね着をすればその間とかに巣のようなものを作り出し……そうやって増えたダニなんかに身体中を刺されてしまうと、ひどい痒さで眠れなくなり、作業に集中できなくなり……普通の生活が送れなくなり、当然狩りにまで支障が出てしまう。

　だから服は清潔にしなければならない、服だけでなく体や髪の毛も清潔にしなければならない。

　狩りに出た日なんかは特にそうで……片付けを終えた俺達はこれから、着替えカゴを手にコタを出てある場所に向かうことになる。

「よーしサウナだ、サウナだ！　今日はヴィトーが美味そうな魔獣を狩ってくれたからなぁ……徹底的に体を清めて腹を空かせて、魔獣の野郎を美味しくいただこうじゃないか！」

「ヴィトーの狩りの穢れも落とさないとッスからねぇ〜、すぐに終わったとは言え狩りは狩り、サウナに清めてもらわないとッスね〜」

　そんなことを言いながら二人が先にコタを出ていって、踏み固められた雪の道を突き進んでいって……村の外れにある湖へと向かい、湖側に建てられた丸太製のログハウスのような小屋へと入っていく。

　サウナ……それはこの辺りの生活に欠かすことの出来ない風呂のように汚れを落とすためのものであり、狩りの穢れを落とすための儀礼的なものでもあり、裸の付き合いをするコミュニケーションの場でもあり、血行を良くして体温を保つための健康促進のための場でもあり……。

　その上、娯楽の場でもあるという一つで五役もこなす重要な場所で、小屋に入ってすぐにある洗い場兼脱衣所へと立ち入った俺達は一斉に深呼吸をし……丸太から放たれる独特の、甘く全身に染み入る香りを胸いっぱいに吸い込むのだった。

シャミ・ノーマ族はサウナが大好きだ。

衛生とか体温維持とか色々と欠かせない理由はあるけども、何よりも娯楽として大好きだ。

どのくらい好きかというとサウナに毎日入らないなんて考えられない、サウノのために日々を生きている、酒より肉よりサウナが一番だと村人全員が豪語する程で……村の位置なんかもサウナに影響されてしまっている。

シャミ・ノーマ族は必要に応じてコタを畳んで村ごと移動する遊牧という生き方をしているのだけども、たとえば今の時期に使う冬営地は、他にも良い候補地はあるのだけど毎年毎年、何があろうともここに村を作り春までの日々を過ごしている。

何故かと言えばサウナに向いた場所が近くにあるからだ。

雪が溶け春になったら北の方にある奥地と呼ばれる場所に行って村を作るのだけども、そこにもサウナに向いた場所があり……狩猟などのことを考えると不便な場所なのだけども、それでも皆はその場所に拘り続けている。

他にもサウナ小屋は運搬性を無視した丸太製で、太く重い丸太を何本も何本も運んだ上で組み立てなければならないのだけど、それでも一切の妥協をしない。

丸太の種類にもこだわりがあり、木ならばなんでも良いという訳ではなく、立ち枯れ材と呼ばれる特別なものだけを使用している。

松によく似た木が立ち枯れてから、数十年経ったものだけをそう呼び……その木材で作った小屋でサウナをすると、なんとも言えない爽やかな甘い香りが漂うからで……小屋を立て直す際に立ち枯れ材が足りないなんてことになったら、村人が暴動を起こしかねない……らしい。

製鉄技術が未熟で、そもそも手に入る鉄が少ないという状況なのに立派な鉄製ストーブを作ってしまうし、小屋の隣には一冬分の……かなりの広範囲の木を伐採し尽くす程の薪が積み上げられているし……その薪を使って一日中、村人が寝静まる深夜を除いて常に高温が維持されていて、そのための管理人が常駐していて……もう、とにかくサウナへのこだわりが尋常ではないのだ。

それ程にサウナが好きで、大好きで……そんなサウナ小屋に入ると、まず脱衣所兼洗い場が俺達を出迎えてくれる。

隣のサウナ部屋の熱を受けて少しだけ暖かいそこで服を脱いだなら、編みカゴに入れて着替えと一緒に木の棚へとしまう。

それから隅にある洗い場……大きな木桶のある場へと足を進めたなら、桶の中の水と村の女性達が作ってくれた石鹸とタオルでもって身体中を洗っていく。

サウナ部屋に汚れを持ち込まないのがマナー、全身くまなく頭まで洗い……わずかな泡も残さないように綺麗に水で流したなら、棚に用意してある皮水筒を手に取り、中の水をごくりごくりと、結構な量を飲み……それからいよいよサウナ部屋の中へ。

サウナ部屋の中へは何も持ち込まないのがルールだ、もちろんタオルも無し。

人によってはあらかじめ用意しておいた水を口いっぱいに頬張ったりして楽しんだりもするが、俺達はそういうのは一切無しに、何も無しの全裸でサウナ部屋へと入る。

……前世では興味が無かったのもあり一度も入ったことのなかったサウナ、ヴィトーとしてはこれまで毎日のように入り続けてきたサウナ。

前世とヴィトーとしての意識が混ざり合って出来上がった今の意識で入るのは当然初めてのことで、どう感じるかと少し怖かったのだけど、その答えは……、

「あっつい!?」

というものだった。

全身を一瞬で包む猛暑なんて目じゃない熱気、じわりとまとわりついてくる湿気、あっという間に全身が汗なのか湿気によるものなのか分からない水滴で包まれ……あまりの暑さに俺が立ち尽くしていると、その横をユーラとサープが通り抜けていって……階段のようになっている腰掛けの最上段に腰を下ろす。

「なんだよ、ヴィトー、これくらいで暑いだなんて……狩りで疲れちまったか？　それとも、あー……なんだっけ、前世だっけ？　そいつのせいか？　だとしたら随分情けねぇ魂をもらっちまったんだなぁ」

「沼地の方の奴らはサウナに入らないそうッスからねぇー、もしかしたらそれと似た暮らしをしてたのかもしれないッスねぇー」

「はぁ!?　サウナに入らないって、なんだよそりゃ!?　そんなお前……サウナに入らなかったらお前……や、ヤバいだろ!?　色々……き、汚いっつぅか、臭うだろ!?」

「だからほら、沼地ってのは臭いんスよ、商人の連中も臭いし……一生サウナ入らない訳ッスからねぇ」

「は、はぁ!?　ヴィトー……！　まさかお前も、お前に入り込んだっつー魂とやらもサウナに入ったことねぇのか!?」

腰を下ろして大きなため息を吐き出して、それからそんな会話をし始める二人を見て俺は、ゆっくりと足を進めて……腰掛けの最下段に腰を下ろしてから言葉を返す。

「沼地の連中がどういう暮らしをしているかは知らないけど……前世ではサウナとは違う、風呂ってのに毎日入っていたかな。

ほら、入り口にあった洗い場、あの桶を大きくしたのに湯を貯めてその中に入って、ゆっくり休んで体温めて……それから体と髪の毛を洗って綺麗にして、って感じ。

前世でもサウナが好きって人は多くて、そこら中にサウナがあったんだけど、中々機会がなくて入らないままだったんだよねぇ」

熱気は上にたまるもの、だから腰掛けは最上段が一番暑くなっていて、最下段が一番暑くない……いや、十分に暑いのだけどもいくらかマシになっている。

慣れているはずのサウナに悲鳴を上げただけでなく、そんな最下段を選んで座った俺のことをユーラ達は不思議そうな目で見てきたものの、そういう事情があるならと納得してくれたのか、いつもの表情となって天井を見上げ、それから言葉を返してくる。

「他の世界ってのはよく分かんねぇけど……やっぱサウナってすげぇよな、他の世界にもあるんだもんな……いやしかし、そうかぁ、サウナがあるのかぁ……。

なんかこう安心しちまったな……サウナがある世界ならよ、まともな世界なはずで……そっから来た魂ってなら、信じられるっつーか、心を許せるっつーか、ヴィトーの中にいることを許せるっつーかよ……上手くやってけるんじゃねぇかって気分になるよな」

「あぁ、そうッスねぇ、サウナ好きで、そこら中にサウナを造るような世界から来たってなら、一緒に暮らせるし友達にもなれるし……美味い酒飲めそうッスねぇ。

まぁ、そもそも精霊様が選んだ魂なんスから、そんな心配必要ねぇんスけどね」

そんなサープの言葉を受けてユーラは「そりゃそうだ」とでも言いたげな表情をする。

二人なりにヴィトーのことを心配してくれていたようで……その心配がサウナがある世界から来たという、たったそれだけの言葉でほぐれたようで……。

二人や村の皆がサウナ好きなのは知っていたつもりだけども、ここまで好きっていうのはなんていうか……今更ながら驚いてしまうなぁ。

……いやぁ、それにしても暑い、子供の頃から散々入っていたはずなのにどうしようもなく暑い。

今まで氷点下の世界にいたのもあって落差が激しいというか、冷え切った身体中を熱と湿気が焼き上げているかのように熱してきて……そのあまりの暑さに早く外に出たいと、そんなことまで思ってしまう。

小さなため息を吐き出しながら入室時にユーラが仕掛けてくれたらしい大きな砂時計を見るが、砂は全然落ちていない、まだ10分の1も落ちていない。

このあと10倍もここでローストされなければいけないのかと、そんな事を考えていると……白いタオルを全身に巻き付けたシェフィがどこからかふわふわと飛んできて、俺の隣の席にちょこんと座り、楽しそうに頭を左右に振りながら声をかけてくる。

『心がまだ慣れていないから暑く感じるだろうけど、体は慣れているから大丈夫だよ。いきなり意識を失ったり、物凄い病魔に襲われたりすることはないから大丈夫。

もしそうなってもボクが助けてあげるから、安心してサウナを楽しむといいよ』

隣に座ったシェフィのそんな言葉は、あまりの暑さに負けそうになっていた俺には嬉しいもので
……体調の心配をする必要がないのなら、後は心の問題だと静かにヒーターを、階段腰掛けの向かいにあるそれを見つめる。

先程までの賑やかさは何処へやら、すっかりと黙り込んだ二人……ヒーターの方を睨み、そうしながらサウナの熱を楽しむことに集中しているユーラ達と共に、ヒーターの中でパチパチと弾けている薪へと意識を向ける。

四本の脚に支えられた縦長の箱のような鉄製のヒーターの下部には薪を入れるための窓があり、その窓には小さなのぞき穴が開いていて、そこから薪の状態と火の状態を確認することが出来る。

俺達が入る直前に管理人さんがたっぷりと薪を入れてくれていたのだろう、薪の量は十分に見えて……どんどんと燃えて熱を発している。

薪も良い木材を使っているのか、独特の……立ち枯れ材とはまた違う甘い香りがサウナの中に漂っていて……それが立ち枯れ材の匂いと合わさると、まるで口の中に砂糖の塊があるかのような気分になる程の甘さが鼻の奥へと入り込んでくる。

熱気と湿気と甘い匂いと薪の弾ける音と……誰も声を発さず、ただ静かに呼吸だけをしていて、壁の側に置かれた小さな棚の上の砂時計を見つめていると瞑想をしているような気分になり……砂

の半分が下に落ちて、これも悪くないのかもなと、そんなことを思い始めた頃、ユーラが立ち上がり、ヒーターの側へと近付き……、

「おう、ロウリュさせてもらうぞ」

と、声を上げて、俺とサープとシェフィが頷いたのを確認してから、ヒーターの近くにある鉄バケツへと手を伸ばす。

その中には水と干した木の葉とハーブと、木の枝が入っていて……バケツの側におかれていた柄杓(ひしゃく)を手に取ったユーラは、バケツの中の水をすくい、ヒーターの上に積み上げられたサウナストーンへとそれをぶっかける。

瞬間ジュワッという凄まじい音と共に湯気が舞い上がる、湿気と共に凄まじい熱気が舞い上がり、サウナ部屋の温度が一気に、とんでもない暑さにまで上昇してしまう。

余計なことをしやがって！　なんてことは思わない、これがシャミ・ノーマ族のサウナなのだから、どんどん水をかけて湯気を出して温度を上げに上げる行為、ロウリュと呼ばれるそれを楽しむのが普通のことなのだから。

バケツの中に木の葉やハーブなんかが入っていたのは、その湯気に良い香りをつけるためで……針葉樹というか高山植物を思わせるような、すぅっとした爽やかな香りが熱気とともにサウナ部屋の中を支配していく。

薪の甘い香りからロウリュの爽やかな香りへ。

ユーラとサープは胸を大きく膨らませて深呼吸をしながらそれを堪能していく……そんな中俺は全身から吹き出す汗の中で溺れているような気分で、がくりと肩を落とす。

暑い、暑い、すごく暑い。

本当にオーブンでローストされているような気分で今すぐにでもここから出てしまいたい。

だが駄目だ、今出ては駄目だ、中途半端なサウナは変に体を冷やしてしまって風邪を引いてしまう、極寒のここでは一度入ったなら体の芯から温まるまでは出ては駄目なんだ、最後までしっかり入りきらないと駄目なんだ。

俺の体は特別製……精霊の愛し子であるから多少の無理をしても問題はないはず、ただただ暑さに耐えれば良いだけの話なのだけど……どうしても暑さに負けそうになってしまう。

なんであんなに砂が落ちるのが遅いんだ、なんでこんなに時が流れるのが遅いんだ。

あの砂時計は一体どのくらいの長さのものなのか……こちらの世界には時計とかはないから何とも言えないが、記憶を探った限りではそこまで長くないはず、10分くらいのはず……。

だけどもまだ落ちない、砂が落ちきらない、汗が顔中を覆って手で拭っても拭っても間に合わなくて、暑さ以外の部分でも辛くなってきて……もう砂は落ちきったんじゃないか、もう出て良いんじゃないか、砂が残っているのは目の錯覚なんじゃないかってなことまで思い始めてしまう。

それでも耐えて耐えて耐えて……暑さのあまり砂時計を見るのも面倒になってきた頃、ユーラとサープがさっと立ち上がり……俺の両隣に座ってきて、二人で同時に俺の背中をバチンッと痛くない程度に叩いてくる。

これは確か……暑さを忘れさせるための激励の張り手だったか。

後少し、ほんの少しだけ耐えたら良いという時に家族や友人にやるもので……二人はそれからニカッとした笑みを向けてきて……それから何秒か、何十秒か経った頃に、もう一度立ち上がって入ってきたのとは反対側のドアへと向かって歩いていく。

それを受けてもしかして？　なんてことを思いながら砂時計を見ると、すっかりと砂が落ちきっていて、それを見て慌てて立ち上がった俺はユーラ達を追いかける形でドアの向こうへと足を進めて……サウナ部屋から出た瞬間、冷たさのあまりに肌をちくちくと刺すような風が全身を包み込む。

脱衣所の反対側にあるドアの向こうは外だ、青空の下の湖にかけられた桟橋だ。そこに足を踏み出し、薄い氷の張った桟橋の上を素足で歩いていき……そしてユーラ、サープ、俺とシェフィの順で湖の氷を割って作った天然プールへと手を伸ばし、軽く水をすくって何度か体にかけたなら、ドボンと飛び込んでこれ以上なく火照った体をこれ以上なく冷えきった冷水に浸してしまう。

「うっはぁ……きくなぁ」

『うーん、今日も冷えてるねー』

「あっふぅー……たまんねぇ」

「はぁー……このために毎日頑張ってるんスよぉ」

俺、シェフィ、ユーラ、サープの順でそんな声を上げる、上げるというか自然と上がってしまう、胸の奥から声が出てきてしまう。

当然そのプールの水温は尋常じゃなく冷たい、温度計があったとしたら0度か1度かそのくらいの数字となることだろう。

そんなプールの中に体を無理矢理漬け込み……じっと動かず震えずただただ耐える。

体の表面は冷えているのに、体の奥底は熱いままで、寒いのに吐く息は熱いと言う不思議な状態になり……そんな状態を楽しんでいると、体の表面を薄い膜が包み込んだような、不思議な感覚が全身を包み込む。

氷のように冷たい水温を体の芯にたまった熱が弾いているような、体の表面で冷たさと熱さが競り合っているような、そんな感覚。

それが始まるとどういう訳か、プールの冷たさにも耐えることが出来て……そしてプールに入ってから100秒後、きっちり数を数えていたユーラが「上がるぞ」とそう言って、桟橋に手をかけてプールから這い上がる。

サープがそれに続き、俺と俺の頭に乗ったシェフィも続き……これでサウナ後の定番である水プールというか水風呂は終了となり……それから俺達は桟橋を進み、サウナ小屋の隣にある瞑想小屋へと入っていく。

瞑想小屋は隣のサウナの熱気が少しだけ流れ込むような作りとなっていて、外と比べれば段違いの温かさで……15度か20度か、多分そのくらいの室温となっている。

そしてそこには体を預けるための木製の椅子やベッドがあり……入り口脇のカゴの中にあるタオルを手に取り、身体中の水滴を綺麗に拭き取った俺達は三つ並んだ椅子へと深く座って体を預けて、深い深いため息を吐き出す。

プールに入ったというのに、それでも吐き出した息には熱がこもっている。体の表面は冷たいくらいなのに、体の奥底がいつも以上の熱を持っている。

『はぁー……サウナ後の瞑想は気持ち良いねぇ～』

なんてことを言いながら、空中に浮かんだタオル姿のシェフィが瞑想小屋の中を漂う中……俺達は目を閉じて、もう一度深いため息を吐き出す。

心臓が力強く鼓動している、呼吸は静かで落ち着いている、熱くて冷たくて、血がぐんぐんと体を巡っていて……そして意識が深く沈み込むような不思議な感覚がある。

気を失っている訳ではない、体は動くし、目も開けられる……ただ意識が深く、普段なら入り込まないどこかへと沈み込んでいて……同時に体が浮かび上がるような感覚もある。

不思議で心地よくて……そう言えば前世で読んだサウナが出てくるマンガにこんなことが描いてあったなと思い出す。

ととのう……だったか、サウナに入り水風呂に入り、外気浴とかをしていると起きることのある現象……暑いと寒い、二つのストレスを交互に浴びたことにより脳が起こすリセット現象……とかだっけ？

それは体質や体調によって起きたり起きなかったりするし、どう感じるか、どんな気分になるかも違うものらしいんだけど、とにかくそれが起きると脳が感じていたストレスがリセットされるんだそうで……それが心地よさに繋がる、らしい。

嫌なことと疲れを忘れて脳をリセットして……体に残る熱の心地よさに存分に浸ることが出来て。

サウナでしか味わえないその現象に、身も心も委ねて心地よさに浸り……ふとまぶたを閉じると、まぶたの裏の世界にもう一人の俺が現れる。

記憶を取り戻す前の俺、ヴィトーとして今まで生きてきた俺……今の俺とは少し違う、捨て子であることを申し訳なく思い、気弱に日々を生きてきた俺。

その時の記憶はしっかりとあって、どういう思いで日々を生きていたのかもちゃんと覚えていて……その人生が他人のものではなく、自分のものだという確信はあるのだけど、やはり前の俺と今の俺は性格も行動原理も別のものとなっていて……。

そんなもう一人の俺が今の俺に向かい合い、こちらへと歩み寄ってきて……そしてお互いのことを理解しようと、語りかけてくる。

言葉ではなく思いで、同じ人間だからこそ出来る特殊な意思疎通法で……これから一緒に頑張っていこうと、そんなことを。

『村の皆を守ろう、族長を守ろう、友達になれそうなユーラとサープと共に歩んでいこう』

今日までの日々をこの村で頑張って生きてきたヴィトーの想いが強く流れ込んできて……それを受け入れた瞬間、さっと視界が明るくなり嗅覚が鋭くなり、味覚も鋭くなっているのか口に入り込んでくる空気の味が分かってしまうような気がして……そして意識がはっきりとする。

そんな俺の目の前には新しい服を着込んだらしいシェフィの姿があり……宙をふよふよと浮きながらシェフィが声をかけてくる。

『おめでとう、一歩前進だね。まだ君は本物のヴィトーじゃなくて、馴染んでいなくて……それがととのったことで、少しだけ馴染むことが出来たって感じなんだよ。

また狩りをして日々を元気に生きて、たっぷりと疲れて……そしてサウナに入ってととのえたら、更に一歩前進できるはずだよ。

そうやって前進していったらきっと、ヴィトーはなんでも出来る、世界を救うついでに、前世以上の楽しい日々を生きていくことの出来る、すごい子になれるはずだよ。

『……髪の黒色が強くなったのが、そうなれた証なのかな？』

そう言ってシェフィはその小さな拳をすっと前に出してきて……それを受けて俺は拳を持ち上げ、シェフィの小さな拳にそっと突き合わせる。

そしてシェフィは魔法か何かなのか、サウナ内の水滴を集め大きな水の塊を作り出し、それでもって鏡のようなものを作ってこちらに見せてくる。

鏡に映った俺にはある変化があった、髪色の変化だ。元々の髪色にメッシュを入れたようにと言うか、遠目でも見て分かるくらいにはっきりと黒色の部分が交ざっている。

今と前の俺が馴染んだ結果なのだろう？　なんてことを考えて髪をいじって……まぁ、これも悪くないかと納得し、小さなため息を吐く。

と、その時だった、瞑想小屋の壁から……サウナ小屋がある方の壁から小さな火の玉がニュッと瞑想小屋の中へと入り込んでくる。

「ん!?」

「はぁ!?」

「な、何ッスか!?」

それを見て俺が声を上げて、ユーラとサープが続いて……そうして俺達三人が困惑しながらも警戒態勢となっていると、火の玉がパチリと目を開き、火の玉の中に顔を作り出し、体やマントのようなものを作り出す。

その顔はシェフィによく似ていて……のんびりした顔のシェフィと違って眉が力強く上がっていて、キリッとした表情をしていて……火が絶え間なく揺れているのではっきりとは分からないが、なんとなく体型がシェフィに似ている気がする。

『よぉ、火の精霊（シェフィ）様の登場だ！　……ってなんだ、他の精霊も既に居るのかよ！　じゃあ俺のことは……なんか火の精霊っぽい名前で呼んでくれや！』

警戒する俺達に火の玉はそう言って、相手が精霊であることが分かるとユーラとサープは即座に警戒心を解いて、目を伏せての礼をする。

それを見て俺が慌てて礼をすると火の玉は『よしよし』と、そんなことを言い、少しの間の後に俺達が目を開けるとシェフィとコソコソと何か会話をしていて……それが終わってから俺達に声をかけてくる。

『さっきそこの……ヴィトーってのが自分の魂でもって面白いことをしていたよな？　それを見て思いついたことがあって出てきてやったんだよ！

火の精霊の象徴たるサウナを浴びて、その魂を強くするなんて、面白いことしやがるじゃねぇか！

褒めてやるぞ！　褒めるついでにオラも似たようなことやってみたくなってな……！　そういう

訳でほら、お前達三人に火の精霊の……いや、サウナの加護を与えてやろう！』

と、そう言って火の精霊は小さな火の粉をブワリと放ち、それらが俺達の体へと降り注ぐ。

熱くはないが温かく、どこか力強さを感じる火の粉は、俺達の肌に吸収されるように消えていって……それを見て火の精霊は満足そうに頷き、言葉を続けてくる。

『オラは火の精霊！　求めているのは火のような熱さと強さだ！

お前ら狩人なら力を示せ！　力強く誇らしく、恥じることのない狩りをしてみせろ!!

狩りをし、己の体と技を鍛えろ！　ひたむきにそうし続けたならオラの火がお前達に力を与える！

人間ってのはあれだろ、限界ってのがあるんだろ？　いくら鍛えてもこれ以上は強くなれねぇっていう壁があるんだろ？　その上ちょっと休むとすぐ衰えるんだよな！

オラの加護はそれを打ち破るもんだ！　限界を超えて強くなって衰えを防ぐもんだ！　だがしかし限界を超えるにはまず体や技を鍛える必要がある！

オラは甘やかさねぇぞ！　そうやって努力をしたもんだけに褒美を与えるんだ！　十分に狩りをして己を鍛え抜いたと思ったなら、サウナに入りにこい！　サウナをしっかり楽しんだなら、その時に加護を与えてやる!!』

そう言われて俺達は何と返したら良いのかと困惑してしまう。

急に現れた火の精霊、それがどうやら俺達に力を貸してくれる……らしい。

狩りをして体を鍛えてサウナに入ったら強くなれる……昔のゲームで宿に泊まると経験値が精算されてレベルアップする、みたいなのがあったが、それと同じ感じということだろうか？

『ひとまず今回はちょびっとだけ加護をやる！　お前達が今までの人生で頑張ってきた分に対する加護だ！　他の村人にも伝えておけ！　狩りだけじゃなくて刺繍とか子育てとか大工仕事とか、熱い想いさえあればそういうのだってオラは差別しねぇで加護をやるからよ！

お前達がしっかり世界を救えるように、力を貸してやるからよ！　だから魔獣を倒して世界を正しい形に戻せ！　じゃねぇと世界が滅んじまうぞ!!』

更に火の精霊はそんなことを言って、ぼうぼうと己の体を燃え上がらせる。

「えぇっと……火の精霊様、加護をありがとうございます……お言葉の通り、魔獣を狩れるよう励みたいとおもいます」

そんな火の精霊に俺がそう返すと、火の精霊は満足そうに頷き……俺に続く形でシェフィが声を上げる。

『わぁ、良かったね、火のシェフィまで来てくれて。これはボクも予想外だったな……。

でもボクがシェフィって呼ばれてるとこに火のシェフィまで来ちゃうと、ちょっとややこしいから……ヴィトー、呼び方を決めてあげてよ』

『おうおう、そうだな、ややこしいのはオラも嫌いだからよ、そこの白精霊の言う通り、なんか決めてくれや！』

シェフィの言葉に火の精霊までが乗っかり……それを受けてしばらく頭を悩ませた俺は、いつまでもそうしている訳にもいかないかと、悩みながらも口を開く。

「火の精霊様……ディースとかドラー……ヒートとか？　えぇっと、あとは……カグツチとかホムスビとか」

頭の中にある知識をどうにかこうにか引っ張り出しながらの俺の言葉を受けて、火の精霊は大きな声を張り上げてくる。

『はー！　カグツチもホムスビも格好よくて良いが……ここはドラーにしておこうかな！　そっちの白いのはシェフィ、オラはドラー、うん、わかりやすくて良いじゃねぇか！　よし、これからはお前達、オラのことはドラーと呼べよ!!』

そう言って火の精霊は俺達の返事を待つことなく、大きく燃え上がり……燃え上がりながら小屋の壁へと、サウナがある方の壁へと飛んでいって壁の中に……というか、壁の向こうへと行ってしまう。

何かよく分からない加護を与えてくれて、言いたいことを一方的に言ってきて、そのまま去っていって……。

まるで嵐のようだと俺達がポカンとしているとシェフィが一言、

『ドラーと仲良くなれたみたいで、良かったね！』

なんて呑気な言葉をかけてくる。

それになんと返したものかと頭を悩ませていると、ぐぅぅぅぅっと俺の腹が唸り声を上げて……、

「ああ……ととのうと食欲も増すんだったっけ……」

なんて声を上げた俺は立ち上がり、とにもかくにも脱衣所に向かい、タオルでしっかりと汗を拭き取ってから、洗ったばかりのふかふかの服に着替え、夕食を食べるべく村の広場へと……慌てて追いかけてきたユーラとサープと共に足早に向かうのだった。

第三章　極寒の暮らしと愛し子の狩り

狩りが行われた晩は、狩りで手に入った肉を皆で食べる宴が開かれる。

普通の獣は解体してすぐに調理が始まり、魔獣と呼ばれるこの世界にだけ存在する獣……のような何かは解体し、浄化という作業を終えてから調理が始まり……肉の熟成とかそういうことは一切行われない。

それは狩ってすぐの方が魂が残っているとか、生命力が失われていないとか、そういう考えがあってのことらしく……効率よく生命力を取り入れるためにという理由で肉の生食もちょくちょく行われている。

獣肉の生食は寄生虫とか病気とか色々と心配になってしまうのだが……世界が違うからか気候のおかげなのか、そういった病気になったという話は一度も聞いたことがない。

むしろ生食をしないほうが病気になるものとされていて……それは恐らくビタミン不足によるものなのだろう。

熱で壊れるらしいビタミンを生食することで摂取する……冬になるとこの辺りでは野菜も果物も手に入らないので、そういった食文化になったのかもしれない。

そして俺、ヴィトーはと言うと……記憶を失っていながらも肉の生食への忌避感があったのか、子供の頃から生魚ばかりを食べていたようだ。

村から離れて南西へ行くと海があり、そこでは鮭に似た魚やニシン、タラなんかがよくとれて……その刺し身や発酵させたもの以外は絶対に嫌だと言っていたようで……そんなわがままを受け入れてくれた村の皆には本当に感謝しかないなぁ。

「お、この匂いは……今日は煮鍋か！　良かったなヴィトー、お前でも食べられるぞ？」

「魔獣狩りの祝いってことで干し野菜にバター、ハーブなんかも使ってるみたいッスねぇ、いやぁ、豪華で良いッスねぇー」

サウナから上がってそんなことを言うユーラとサープと共に村の中央広場へと向かうと……広場のど真ん中にどかんと建つ横に広いコタからなんとも楽しそうで賑やかな声が響いてくる。

集会所と呼ばれるそのコタの中を覗くと、中央に大きな石組み竈があり、それを囲うように動物の毛皮が敷き詰められていて……毛皮の上に座った村人達が、竈でコトコトと音を立てている鍋のことを見やりながら、あれやこれやと会話を交わしている。

曰く川に漁に行っていた者達も中々の成果を上げたらしい。魚にエビに、大きなカニに、明日の朝食は豪勢なものとなりそうだ。

そして精霊の工房で生み出した黒糖や塩のことも話題に上がっていて……おかげで今日の鍋は特別美味しいものとなっているようだ。

当然というかなんというか、シェフィや俺のことについても話題にしている人達がいて、続いて先程報告したばかりの、火の精霊……サウナの加護についても話していて、これで生活は安泰だとか、村の皆が精霊様の祝福と加護を得られたとか、これからもっともっと豊かな暮らしが出来るぞと、そんなことを語り合っている。

そんな風に自分のことで盛り上がっている場に入り込むのはなんとも気まずかったが、ユーラとサープは全く気にした様子もなくずんずんと入っていって……鍋に一番近い特等席を確保した上で、こちらに手招きをしてくる。

食事を楽しんでいた皆の視線が俺に集中する中、俺は手を振って適当に応えつつユーラ達の下に向かい……俺の周囲を飛んでいたシェフィと一緒に腰を下ろす。

すると料理番の女性がにっこりと微笑みながら木の器とスプーンをこちらに手渡してきて……それを受け取った俺達は目の前にある鉄鍋の中身を器に注ぎ入れる。

魔獣肉の煮鍋、野菜とバターとハーブたっぷりの、爽やかな匂いのとろとろスープとなったそれには、かなりの脂が浮いていて……この脂がこの辺りの食事には欠かす事ができない。

脂はカロリーの塊で、カロリーは熱量で……カロリーを燃やすことで体温が上がる訳で、カロリーをしっかり摂っていればこそ寒さに負けない体を作ることが出来る。

そうしなければ寒く凍てつく夜を乗り越えるのは不可能とされていて……野菜やハーブもなるべく体を温める効能があるものを使った方が良いとされている。

たっぷりカロリーを摂って、それを寒さの中で燃やして燃やして……激しい新陳代謝をして汗をたっぷりかいて。

新陳代謝が激しいおかげか太っている人は稀で、肌は常にツヤツヤでシミもシワも少なめで……サウナの効果もあってかこの村には美肌の人が多い。

皆美肌で、顔立ちも整っている人が多くて……前世基準で考えるとこの村は、美男美女揃いってことになるんだろうなぁ。

なんてことを考えながらスプーンで大きな獣肉を口に運び……とろりととろけるそれをゆっくりと咀嚼し、堪能する。

野菜の旨味が出ていてハーブの香り付けも強すぎず、それでいてバターの風味がふんわりと香る良い塩梅で、砂糖と塩をしっかりと使っての味付けは前世のレストランの料理にも負けないまとまり方で……うん、すごく美味しい。

野菜なんかは品種改良のされてない野生種に近いもので、調理器具もそこまで立派なものではないが、それでも肉の旨味が凄まじく、料理番の腕もあってかもっともっと食べたいと思わせてくれる味だ。

サウナに入ると味覚が鋭くなってご飯を美味しく食べられるなんて話もあるから、それも手伝ってのことなんだろうけど、食べれば食べる程食欲を刺激されてどんどん腹がすいてくる。

前世の一人暮らしの頃はそこらで買った安飯か自炊とも言えないような雑飯しか食べてなかったからなぁ……うん、毎日毎食誰かの手作りの温かい食事を食べられるというのは、本当に幸せなことなんだなぁと痛感する。

一杯食べただけでは食欲がおさまらず、二杯目を食べて……もう一杯いけるんじゃないかと三杯目を盛り付けようとした所で、族長……アーリヒが集会所の中に入ってきて、俺に向けてこっちに来いと、ちょいちょいと手招きをしてくる。

それを受けて俺は首を傾げながらも器とスプーンを置いて立ち上がり、俺の膝の上で食事をしていたシェフィを頭に乗せてからアーリヒの下へと向かい……歩き出したアーリヒを追いかける形で集会所を出て……アーリヒのコタへと入り、アーリヒと俺とシェフィだけの空間でなんとも言えない気分となって、身悶えする。

アーリヒは美人だ、身長も高くてスタイルが良い、そして例に漏れず美肌で……化粧も上手と手に負えない。

美人だから好きになっちゃうとか、お近付きになりたくなるとか、そういう次元ではなくて、自分との差を突きつけられた気分になるというかなんというか……シェフィはヴィトーのことをそれなりの美男子にしてくれたけども、元々冴えない男だった俺としては、ただ側にいるだけで申し訳ない気分になってくる。

申し訳ないし、恥ずかしいし、丸裸にされたような気分になるし……どう接したら良いのか分からないレベル、そんな美人が目の前にいると、どうにも落ち着かない。

そんな俺の様子に気付いているのかいないのか、アーリヒは優しげ……というか、俺のことを心配しているかのような柔らかな優しさを含んだ表情で声をかけてくる。

「ヴィトー……無理はしていませんか？　大丈夫ですか？」

表情だけでなくその言葉までもが俺のことを心配していて……俺はどうしてそんなに心配されているのだろうかと不思議に思いながら言葉を返す。

「えっと……特に無理はしていませんよ？　サウナにも入りましたし、美味しい夕食をいただきましたし、あとは歯を磨いたらぐっすり寝る予定ですし」

「ええ、それはとても良いことだとは思うのですが、そういうことではなくて……その、先程集会所の側を通りがかった時に聞こえてしまったのですよ、皆が必要以上の期待をヴィトーに寄せていることが分かる会話が。

工房にシェフィ様のことに……更にはサウナの、火の精霊ドラー様まで……。あれをあなたも聞いたのでしょう……？　ですが気にする必要ありませんからね？　黒糖と塩だけでも私達は十分なんです、とっても豊かになれたのです、それ以上を求められたからといって応える必要は……無理をする必要なんてないのですよ。

あの時だって私をかばって無理をして……」

「あぁ……そういうことですか、アーリヒが何を心配しているのかはよく分かりました。

でも安心してください、俺はそこまで繊細でもないですし……皆が期待してくれているというのは、俺にとっては嬉しいことなんです。

黒糖とかで喜んでくれた時も嬉しかったし、ユーラ達が寄り添ってくれるのも嬉しかったし、さっきの言葉も……直接聞くことになったっていうのは少しだけ気まずかったですけど、それでも嬉しかったですし――――」

と、そこまで言ったところでアーリヒが、凄い勢いで俺の両肩を摑んでくる。

摑んで引き寄せ、顔をまっすぐに見つめてきて……それに俺と、あまりの勢いに俺の頭から転げ落ちたシェフィが驚いている中、アーリヒは何かを言おうとして……だけども何も言わずに、喉から出かけていたらしい言葉をぐっと飲み込む。

一体アーリヒは何を言おうとしていたのか、俺に何を伝えようとしているのか……それを問いかけるべきなのだろうか？　と、悩むが……何かを言いにくそうにしているアーリヒの表情を見て俺は、問いかけるのではなく、別の言葉をかけることにする。

「……もし何か困ったことがあったり、苦しくなったりしたなら、アーリヒに相談するようにしますから……大丈夫です。

アーリヒにそこまで気を使ってもらえていると思うだけでも、心強いですし、俺は大丈夫ですよ」

嘘は言わずに本音そのままに……少しの感謝の気持ちを込めながらそう言うと、アーリヒの表情がいくらか穏やかなものになり、柔らかな雰囲気となった声が返ってくる。

「そう……ですか、そういうことなら……ヴィトーのことを信じることにします。

……信じることにするのでヴィトー、体も心も大事にして、決して無理はしないでくださいね」

柔らかく甘く、まるで母親のようなことを言うんだなぁ、なんてことを思っていると、なんとも言えない感情が胸の中に広がる。

恋とかではなく、アーリヒのことを大切に想うような……大切にしたいというか、守りたいというか、そんな感情。

自分よりも年上で強く、族長でもあるアーリヒにそんな感情を懐いてもしょうがないのだけど、それでも何故かそう思ってしまって……俺はアーリヒに向かってこくりと大きく頷く。

今はとりあえず、彼女を悲しませないようにしよう、言う通りに自分のことを大事にしよう。

前世と合わせれば余裕で俺の方が年上で、年下の美人にそこまで心配されるというのは、なんとも恥ずかしいことなのだけど……その恥ずかしさも彼女のために飲み込むとしよう。

そんな俺の決意に気付いているのかいないのか、アーリヒは静かに微笑み……そして終始俺達の周囲を漂っていたシェフィは、とても嬉しそうに幸せそうに笑いながら、俺達の頭上に移動し……どういう意味があるのか、俺達の頭の上を交互にピョンピョンと飛び続けるのだった。


翌日。

朝食に海鮮たっぷりの塩スープを飲んで、精霊の工房で作った歯ブラシで歯を磨き、身支度を整え……猟銃をシェフィから受け取り、作ってもらった弾をポケットに入れ、猟銃を毛皮で包んでから抱えて、シェフィを頭に乗せて広場へと向かう。

すると身支度を整えたユーラとサープが大きな背負鞄を背負い、太い木材にがっしりとした鉄製の穂先を固定した槍を抱えながら待っていて……俺が合流すると二人はにこやかな笑みを浮かべながら狩り場へと向かって歩きだす。

「昨晩は族長と話し込んでたが、何話してたんだー？　まさかお前、求婚したんじゃねぇよな？

もしそうならすげぇ勇気だって褒めてやるぞ」

「族長はモテるッスよぉ〜、ライバル多そうッスねぇー、まぁ本気なら応援するッスけどねぇー」

なんてことを言って俺のことをからかいながら足を進めていって……そうしながら俺達は駆けてみたり跳ねてみたり、銃や槍を軽く振るってみたりして、体の調子を確かめる。

サウナで得たドラーの加護がどんなものなのか、どれくらいの力を与えてくれているのかという確認のためで……うん、明らかに力が増している気がする。

はっきりとした計測器具がないので具体的にどうとは言いづらいのだけども、そんなに力を入れなくても以前の全力くらいの力が出せている気がするし、雪の上をより速く駆けることが出来るし……そんなことをしていても全然体が疲れない……気がする。

それは非常識な怪力とか体力とか、そういう訳ではなく、あくまで常識の範疇ではあるのだけど……それにしてもありがたいというか、凄まじいというか、サウナに入ろだけでこんな力を得られるとはなぁ。

……その上、更に狩りを頑張って己を鍛えれば更に追加の加護を得られるとドラーは言っていたし……うん、これは今後の狩りがうんと楽になってくれそうだ。

「ドラー様の加護……とんでもねぇな、あとでお礼にお供え物を持っていかねぇと……」

「これは……明日からは鍛錬の時間を増やしても良いかもッスねぇ、こんなにも凄い加護を与えてくださったドラー様に恥ずかしいことはできねぇッスよ」

ユーラとサープも加護を実感しているのか、そんなことを言いながら体を動かしていて……そんな風にドラーへの感謝を口にする二人を見て、シェフィは『ぶ〜』と、そんな声を上げてくる。

「もちろんシェフィにも感謝しているさ、ありがとうな」

そんなシェフィに俺がそう声をかけると、シェフィは嬉しかったのか俺の頭をその小さな手でパタパタと叩いてきて……そんなことをしながら俺達は村から離れて北へ北へと進んでいく。

南にも狩り場があるのだが、南に行くと沼地に近くなってしまい……沼地の人々と遭遇してしまう可能性がある。

沼地の人々……南の沼地に住まうシャミ・ノーマ族とは全く別の暮らしをしている人々。

信仰対象も文化も価値観も、善悪の基準までも違う人々、一応交易などで交流はあるけれど、その交易の内容はこちらが一方的に不利なもので……シャミ・ノーマ族と沼地の人々の間に友好という言葉は存在していない。

そんな沼地の人々に猟銃を見られでもしたら一大事、どんなトラブルを招くことになるやら……。

と、いう訳で……猟銃を使っての狩りは村の北側、沼地の人々が決して入り込まない寒く厳しい土地で行うことになる。

サラサラの雪を蹴り上げ、まばらに生える木々を抜けて川を越えて……寒いはずなのに何故か木が鬱蒼と生えている一帯へと入り込む。

入り込んで木をよく観察して獣や魔獣の痕跡が残ってないかの確認をし……最近出来上がった痕跡を見つけたなら、その周囲を狩り場にすると決めての拠点作りだ。

寒い中獲物を探して彷徨い続けるとそのまま凍死してしまうことがあり暖まれる場所が必要で、怪我などをした場合には治療をする必要があるし、体温を失わないように食事をする必要だってある訳で……そのための拠点という訳だ。

まず針葉樹の葉を拾うなり刈るなりして集めて、それを敷き詰めて床とする。床が出来たらその上にテントを張る。

村にあるコタとは少し違う狩り用のテントであるラーボ……長く高い円錐のコタに比べてラーボは、前世でよく見かけたテントの形に近く……天井の穴も小さなものとなっている。

コタよりも更に持ち運びやすくした狩り用、遠征用のものがラーボで……軽量化のために使う木材も極僅かだ。

一方コタは大量の木材を円錐状に組み合わせて造るもので……コタは家、ラーボはテントと分類するのが正しいのかもしれないなぁ。

ラーボを組み上げたら中に食料などの荷物を置いて、それからラーボの入り口の前に石組みの竈を作り、しっかり火をおこし……そこらで拾った薪だけでなく、村で作った炭も何個かくべておく。

そうやって火を安定させたならラーボの中に腰を下ろし、毛皮を巻き付けておいた猟銃の確認をする。

「……凍結しないようにって毛皮巻き付けたけど、意味あるのかな、これ」

なんてことを言いながら銃身や引き金の確認をしていると、焚き火の周囲を飛んで暖をとっていたシェフィが言葉を返してくる。

『工房でボクが作ったものは、ボクの力で守られているから凍ったりはしないよ？　普通のものに比べて頑丈で熱にも強いし、ヴィトーがするような適当なメンテナンスでも問題なし！

……てっきりその毛皮は格好つけのつもりなのかと思ってたんだけど、そんなことを気にしてたんだねー！』

その言葉に俺は、それならそうと言ってくれよと思って肩を落とすが……精霊の力のおかげでそんな風に便利でありがたいことになっているのだから文句を言うのもおかしな話だと頷いて……気を取り直して銃の状態を確認し、弾の状態も改めて確認する。

そうやって時を過ごし焚き火で十分に体が温まったのを確認してから立ち上がり、同じく焚き火で体を温めながら獣の気配を探っていたユーラとサープの準備が完了しているのを確認してから、二人の先導に従って……気配を殺しながら獣の痕跡を辿る形で歩いていく。

俺の前を歩くユーラとサープの手には槍が握られていて……魔獣や獣が近距離に来たならそれで突き殺すことになるが、基本的には猟銃での狩りがメインとなる。

気配を殺しながら相手を探し、ギリギリ……相手が逃げもしないし襲いかかってきもしない距離を見極めて近付き、そこから狙撃する。

と言ってもライフルではないので遠距離からの狙撃ではないけども……それでも安全のために出来るだけ距離を取るつもりだ。

一発で駄目なら二発、それでも駄目なら弾を込め直して……その間に距離を詰められたらユーラ達が対応をする。

ユーラ達には銃がどんなものであるかを伝えてあるので、装填が終わり構えて狙いを定めたなら即座に獲物から距離を取ってもらうことになっている。

実際に上手くいくかはやってみないと分からない、想定外のことが起きるかもしれない……だからこそしっかりと気を引きしめて、興奮しているのかドクンドクンと高鳴る心臓をどうにか鎮めながら足を進めていく。

獲物を見つけるまでは会話はなし、声で獲物に気付かれてしまうのはまずいのでアイコンタクトとハンドサインでコミュニケーションを取ることになり……先頭を行くユーラが「こっちだ」と人差し指で進行方向を示すハンドサインを何度も出しながら俺とサープを先導する。

ユーラは狩りの経験が豊富で、槍でも弓でも獣を狩ったことがある。そのおかげで先導に迷いがないし、冷静だしで……まだまだ経験が足りない俺からするとてもありがたい存在だ。

このままユーラについていけば良い獲物にありつけるのだろうと、そう考えていた折……俺達の少し先を歩いていたユーラが慌てた様子で打ち合わせにないハンドサインを送ってくる。

今すぐこっちに来いと、そんなことを言いたげに手を何度も何度も振って……それに首を傾げた俺は事情が分からないながらも猟銃に弾を装填して構え、同じく首を傾げたサープは両手でしっかり大槍を握って構えて……警戒をしながらユーラの下へと向かい、そしてすぐにユーラが慌てた理由を察する。

前方、何十メートル先だろうか、そこで昨日も狩った熊に似た魔獣がいて、何かを襲おうとしている。

真っ白な毛皮に覆われた四足でトナカイによく似た小さな体、怯えた目で震えるそれは……、

(ランヴィ様の子供だぞ……)

と、ユーラが小声で上げた通りの名前の獣で……確か正式名称はラン・ヴェティエルで、略してランヴィ。

日本語に訳すなら恵みの獣とか、与えてくれる獣とか、そういった感じになるのだろうか。

恵みの獣……精霊とはまた違った敬愛を向けられる恵獣(けいじゅう)ランヴィは俺達に様々なものを与えてく

れる。

その毛で服やタオルやコタを、そのミルクで様々な乳製品を、その角で薬を、蹄で栄養剤……のようなものを。

生きている限りそうした恵みを与えてくれる恵獣と共に暮らすことはとても素晴らしいこととされていて、シェフィのように信仰の対象という訳ではないのだけど、それに近い存在と言うか、高位の存在として扱われている。

そんな恵獣を殺すことは絶対に許されない、肉を食べるなんてのは以ての外で、誇り高く思慮深く、未来を見通すとも言われている恵獣は家族かそれ以上の存在として大切にするのがシャミ・ノーマ族の掟であり……目の前で魔獣に殺されたなんてことになったなら、村の皆にどんな目で見られることになるのやら分かったものではない。

(いけるか、ヴィトー……？)

今にも駆け出しそうな前傾姿勢でユーラが声をかけてきて……頭の上にいたシェフィが俺の懐の中に潜り込むのを確認してから頷くと、まずユーラが、そしてサープが槍を構えながら駆け出し、それを追いかける形で俺も駆け出し、大口を開けて声を張り上げる。

『うぉぉぉぉぉぉ！！！』

意図せず三人の声が重なる、少しでも魔獣の気を引こうと上げた喉が張り裂けんばかりの絶叫だ。

そうしながら駆けて駆けて……こちらに気付いてこちらを見やった魔獣へと猟銃の銃口を向けるが、まだ遠い。

ライフル銃ならまだ違ったのかもしれないけど……と、そんなことを考えながら駆け進み、そんな俺達へと魔獣の興味が移ったのを見て恵獣の子供はどこかへと逃げ出し……そして魔獣は俺達の方へと体を向けて、大口を開けての咆哮を上げる。

『ガァァァァァァァ!!』

宣戦布告、槍を持った人間ごときに負けるかと言わんばかりのそれを受けて、

「がぁぁぁぁ!!」

「かぁぁぁぁ!」

と、似たような大声で叫び返したユーラとサープが左右に大きく分かれるように動く。

そうやって魔獣の正面を俺に譲ってくれて、舞い上がるパウダースノーの中に滑り込んだ俺は、片膝立ちになって猟銃を構えて狙いを定めて……一回引き金を引き、すぐにまた狙いを定めてもう一度引き金を引く。

一発や二発で倒せないことは前回でよく分かっている、効いたかどうかなんて確認せずにとにかく倒れるまで撃ち続けるべきだと学んでいた俺は、銃を折って薬莢を取り出し、再装填をしようとして……そんなことをしていたせいで、怒りの表情を浮かべた魔獣がこちらに、四つ足での凄まじ

い勢いで駆けてきていることに気付くのが遅れてしまう。

　気付いて慌てて立ち上がり、駆け出そうとする気持ちと装填を急ぐ気持ちがごちゃ混ぜになってそのせいで動きが固くなって……このままでは魔獣の突撃を受けてしまうとなった時、左右から突き出された大槍が魔獣の両脇腹に突き刺さる。

「やらせるかこの野郎!!」

「はっはー！　隙だらけけッスよ!!」

　そして同時に上がる二人の声、ユーラの強烈な一撃とサープの鋭い連撃を受けて足を止めた魔獣は、槍とその声を受けて怒りを爆発させて力任せに両腕を振り回すが、ユーラもサープもそんなことは予想していたとばかりに軽々と避けてみせる。

　槍を抜いて後退り、雪の中を転げたと思ったらすぐに立ち上がり、手にした槍をもう一度構えて、魔獣へと向けて……俺もまた弾を装填した猟銃を向ける。

　三方向から狙われることになった魔獣は、赤く光る目でもって素早く俺達のことを見やり……そして大きく立ち上がって体をひねって後ろに振り返ろうとし始めて、それを見て魔獣が逃げようとしていることに気付いた俺は、すぐさま狙いをつけて引き金を引く。

　肩に一発、背中に一発、更に二発の弾を受けた魔獣は逃げ出す事もできずに雪の中に倒れ……そこにユーラとサープが駆けてきて、首辺りを目掛けて槍を突き立てる。

二人がぐいと力を込めて槍を突き刺す中、念のためにと俺は銃弾の装塡作業をし……そうしながら周囲を見回す。

他に魔獣の気配はない……俺達以外に気配も音もなく、白銀世界はとても静かだ。

……さっきの恵獣の子供はどうしただろうか？　逃げた段階で怪我は負っていなかったから無事なはずだけど……なんてことを考えながら尚も周囲を見回していると、恵獣の子供が逃げた方向に、大きく力強く、横と上に伸びた角を構えた大人の恵獣と、小さく可愛らしい成長途中の角を構えた先程の子供が現れて、ゆったりとした足取りでこちらに近付いてくる。

堂々として立派で、どこか神々しくて……そんな姿に俺が思わず見惚れていると、ユーラとサープも恵獣の親子に気付いたらしく、魔獣に槍を突き立てたままそちらに視線を向けて声を上げる。

「お……おお、野生のランヴィ様のしかも親子だ！　野生の親子は初めて見たなぁ……」

「マジッスか、マジッスか、マジッスか!?　野生の親子がこんなとこにいるなんて!?」

興奮を隠しきれないといった様子の二人にちらりと視線を向けて、魔獣にも向けて……それから恵獣の親子はこちらに視線を向けて、ゆっくりと歩いてくる。

そして俺の目の前までやってきた恵獣の親子は……雪の中にしゃがみ込んだままの俺の顔に視線を合わせるためかぐっと頭を下げてきて、その青紫の瞳でもって俺のことをじっと見つめてくるのだった。

子守コタの中で――――アーリヒ

ヴィトー達が狩りに励んでいた頃、アーリヒは仕事の合間に出来たちょっとした時間を利用して子守コタへと足を運んでいた。

村の隅、長のコタの裏手にある子守コタは、生まれたばかりの赤ん坊やまだまだ目が離せない子供を守り育てるための特別な場所である。

そこでは常に虫除けや魔除けの香が焚かれていて、子育てに必要な道具や玩具が置かれていて、いざという時のための薬草や食料が備蓄されていて……女性と子供だけがそこに入ることを許されている。

狩りに出た男達はどうしても穢れをまとってしまう、獣の毛に潜む虫を知らず知らずのうちに宿してしまう。

それらが赤ん坊や幼い子供に移ってしまわないようにと定められたルールで……このルールもアーリヒが長に選ばれた理由の一つだった。

長が女性でなければ子守コタに入れない、子守コタの状況を正しく把握出来ない……そうした理由からいざという時にどうしても対応が遅れてしまうからというもので、長になってからアーリヒは毎日欠かさず子守コタに足を運ぶようにしていた。

「……今日は少し冷えますが、特に問題はないですか？」

コタの戸を開けながらアーリヒがそう声を上げると歩き始めたばかりといった様子の子供達がわーわーと声を上げながらアーリヒの下へと駆け寄ってきて……それを微笑ましげに眺める母親達は静かに頷き、特に問題はないということを示してくる。

「そうですか、それは良かったです……何か要望はありませんか？」

何も問題ないと聞いて穏やかに微笑み、しゃがんで歩み寄ってきた子供達を抱き上げながらアーリヒがそう言うと……一人の母親が言葉を返してくる。

「要望と言いますか質問なんですが……子供達に黒糖を与えてはいけないと聞いたのですけど、それはどうしてなんですか？」

するとアーリヒはこくりと頷いて、昨日ヴィトー達から聞いた話をゆっくりと言葉にしていく。

「ヴィトーによると黒糖にはハチミツと同じ種類の毒が入っているそうでして……大人であれば全く問題ないその毒も赤ん坊や幼い子供にとっては脅威なんだそうです。

その毒は治療も出来ないものらしく……絶対に与えてはいけないんだそうです。

精霊様が作ったものであればその危険性は無いそうなんですが……それに慣れきって黒糖を安全なものと勘違いしてしまうと後々大変なことになるので、精霊様のものでも出来るだけ与えないようにとのことで……」

「そう……ですか、甘いものを子供にも食べさせてあげたかったのですが……」

「そういうことなら……ドライフルーツを優先的にこちらに回すように手配をしておきましょう。お湯でふやかせば赤ん坊でも食べられるでしょうし、歯の生えた子供達はそのままでも良いかもしれませんね。

大人は黒糖、子供は果物という感じにしようと思いますが、それで問題ないですか？」

「ああ、ありがとうございます、ドライフルーツなら子供も喜んでくれそうです」

そう言ってその母親が納得し頷くのを見てアーリヒは、他に要望は無いかと周囲を見回すが、特にこれといった要望はないらしく、どこからも声が上がってこない。

今の状況を思えばなんらかの要望が上がるはずだ。

精霊の工房というとんでもない存在のことを彼女達も知っているはずで……武器でも食料でも宝石でも望めばなんでも、この世界に無いようなものまでが手に入るというのだから普通ならばあれが欲しい、これが欲しいと声を上げるはずだ。

だが母親達は精霊が過ぎた欲を好まないことを知っていたし、アーリヒがそういったことを好まないことを知っていたので、何も言わずにただ笑みを浮かべる。

黒糖ではなく砂糖が欲しいとか、もっともっと甘くて美味しいものは手に入らないのかとか、色々と言いたいことがあったはずなのに、そうやって欲と言葉を飲み込んだ母親達を見てアーリヒは誇らしく思うと同時に、少しだけの申し訳なさを感じる。

母親達だけでなく村の皆もそういった要望を口にすることをせず、あるはずの欲をぐっと腹の奥へと押し留めていた。

もちろん全員がそうしていた訳ではなく、何人かは言葉にしてしまう者達もいたのだが、それでもしつこく迫ったりはせず、冗談めかしながら軽く言ってさらっと流して、それで終わりにしてくれていた。

そうした態度を精霊様の教えが行き届いている……と、理解することも出来たが、アーリヒに迷惑をかけないように、無理をさせないようにと気遣ってのことでもあって……それを受けてアーリヒは、自らの未熟さと力不足を痛感してしまう。

そうして少しだけ表情を曇らせたアーリヒは、抱きかかえた子供のことをぎゅっと抱きしめ、その温かさに癒やされようとする。

アーリヒは子供のことが大好きだった。

誰の子でもどんな子でも愛らしくて抱きしめたくなる、守りたくなる、その成長を見守りたくなる。

そうした想いが自分を長にまで押し上げてくれていて……今のアーリヒがあるのは村の子供達のおかげとも言えた。

そんな子供達を抱きしめていると、幸せな気分が湧いてくるのと同時に子供達を守るための力も湧いてくるようで……そうして子供との時間を堪能していると子守コタの外から報告のためなのか、男衆がやたらと大きな声を張り上げ……それがここにまで響いてくる。

「ヴィトー達の帰還だ！　魔獣狩りに成功しただけでなく、恵獣様を保護したみたいだぞ!!」

直後、子守コタの中がわっと沸き上がる。魔獣狩りに成功しただけでもめでたいことなのに、恵獣様を保護したなんて。

昨日と今日と続けての魔獣狩り……いくらすごい武器があったとしても、それは大変なことで、そもそも魔獣が見つからないとか、ずる賢い魔獣の奇襲を受けてしまうとか、突然の吹雪に負けてしまうとか、様々な危険性があったはずなのにあっさりとこなしてくれて……。

喜びや興奮や様々な感情で胸がいっぱいになったアーリヒは頬を上気させ、瞳を煌めかせ、そしてそのままコタを出ていこうとするが、それを母親達が声を上げて制止する。

「こ、子供子供！」

「アーリヒ！　狩りの穢れが帰ってくるってのに、コタの外に連れてっちゃ駄目だって！」

「嬉しいのは分かるから一旦落ち着きな」

それを受けてアーリヒは自分が子供を抱えていたということを思い出し……その顔全体を真っ赤に染めながら子供をそっと下ろし……何がなんだか分からないながらも何か良いことがあったらしいと笑みを浮かべて手を振り上げて、きゃっきゃと声を上げる子供達に別れを告げてから、早足で子守コタを後にするのだった。


魔獣の死体を村へと運びながら――ヴィトー

血抜きと内臓抜きを終えた魔獣の足にロープを結び、魔獣の体をそこらで剝ぎ取った樹皮の上に乗せて、簡単なソリのような形にして……そしてそれを恵獣に引っ張ってもらう。

魔獣から助けた恵獣の親子はどうやら俺達のことを気に入ってくれたようで、俺達がソリの準備をしていると自然な形でソリの前に立ち、それを引いてやるぞと態度と表情で示してくれた、という訳だ。

ソリがあるとは言え巨大な魔獣を引くとなれば大仕事で、手伝ってくれるのは凄く助かるのだけども……ソリを引いている間ずっと、何故だかこちらをチラチラと見てくるのがどうにも気になってしまう。

独特の青紫の瞳、シェフィが言うにはこの色は極夜……一日中太陽が出てこない日に対応するためのものなんだとか。

この瞳の色だと暗闇の中でも遠くを見通せるんだそうで……冬が終わると恵獣はその瞳の色を、青紫から金色へと変えるらしい。

そうして今度は雪が反射する日光や白夜に対応して……季節ごとに瞳の色を変えることでこの極限世界を生き抜いているんだそうだ。

そんな青紫の瞳でじぃっと、じぃっと俺のことを見つめて……俺のことを見つめ過ぎて木にぶつかりそうになったりもして、一体何がそんなに気になるのだろうかと首を傾げてしまう。

「つかー……これでヴィトーも恵獣様持ちかよ、精霊様と一緒で恵獣様も一緒で？　なんだよ、まったく……オレ様達だって狩りだなんだと頑張ってるのによぉ、女達の話題はヴィトーが独占かぁ？」

そんな風に恵獣と見つめ合っていると、槍を構えて警戒しながら先頭を行くユーラがそんな声を上げてきて、俺がいやいや、まだ俺が飼うって決まった訳じゃないのにと、そんな言葉を返そうとすると、それよりも早くサープがカラカラと笑いながら口を開く。

「はっはっはー！　仮に魔獣を二十四も四十四も狩ったって、精霊様が側に居たって女達がユーラのこと話題にすることはないッスよ～。

　だってユーラ、子供の頃から彼女達にイタズラばっかして、嫌われまくってたんじゃないッスか～」

「しょ、しょうがねぇだろ、子供の頃はまだ男だ女だってのよく分かってなかったんだからよ！

　まさかあんな風にイタズラしちまってた連中から結婚相手を選ぶことになるなんてよぉ、思いもよらなかったしよぉ……ほら、向かいのコタに嫁いだねーちゃん、ああいう綺麗な年上の女と結婚するもんだと、子供の頃はそう考えちまってたんだよ」

「子供の頃そうだったとしても、もう良い歳の大人なんだから、贈り物をしたり綺麗な景色のとこ連れていったり、病気とか弱ってる時に薬草を届けてやるとか世話してやるとか、そういう気遣い見せなきゃ駄目ッスよ。

　しっかり狩りをして毎日働いて、優しく気遣いをして、愛が盛り上がるようなことしてやって……それからが恋の始まりってもんッスよ。

　ユーラの場合、恋が始まる前に色々と終わっちゃってるんで……かなり気合入れないと駄目なんじゃないッスか。

　ヴィトーはこれまでも皆の手伝いしたり、皆が嫌がること率先してやったりしてたッスからねぇ……その上、精霊様と恵獣様と来たらもう、比べ物になんないッスよ」

「嘘だろ⁉　このオレ様がそこまでの状況だってのか⁉

力はある！　狩りだって大の得意！　それなりに財産だって溜め込んでるのによぉ‼」

と、そう言って足を止めたユーラは懐から革袋を取り出し、口紐を雑に解いて中身をサープに見せつける。

その中にあったのは大きな琥珀や、砂金を集めて作ったらしい金の塊や、沼地の商人との取引に使うデュカットと呼ばれる銀貨で……ユーラの言葉通り、かなりの量を溜め込んでいるようだ。

「毛皮を鞣(なめ)して、骨を削ってアクセサリー作って、それらを商人連中に売りつけてこんだけ稼いだんだぜ？　こんだけありゃぁお前……ストーブだって薪だって山程買えるんだぞ？

精霊の工房に負けねぇくらい塩や砂糖だって手に入るし、酒だって浴びる程飲めるのに……駄目なのか？」

それらを見せつけながらユーラが上げた声に対し、サープは何も言わず肩をすくめることで返事をする。

ユーラと常に行動を共にしていて、一緒に狩りをしているサープも恐らく同じくらいの財産を溜め込んでいるのだろう。

同じだけの財産がある上にサープは顔が良いだけでなく優しく、気遣いも出来る訳で……ユーラの状況は中々厳しいものがあるようだ。

「あー……まぁ、うん、どこがいけないのかが分かったんだから、これから頑張っていけば良いんじゃないかな？

それだけの財産がありながら無駄遣いとか暴飲暴食とかしない自制心は大したもんなんだし……その自制心でもって、女性達の評価が変わるまで耐えきれば……きっと見直してくれるはずだよ」

と、そんなユーラに俺がそう言うと……年下の俺に言われたのが効いてしまったのか、ユーラがガクリと肩を落とす。

前世で重ねた年齢を合わせると俺は、ユーラの三倍程は生きていることになり、厳密には年下ではないのだけど、外見的には年下で……そのせいでユーラに余計なダメージを与えてしまったようだ。

そんなユーラを見て俺が更に言葉をかけようとすると、まさかのまさかサープではなく恵獣の親がそっと俺の肩にその鼻を押し付けてきて、それ以上言ってやるなとその目で語りかけてくる。

賢く思慮深いとは聞いていたけども、まさかそんな気遣いをするなんて……いや、それともただの偶然か？　なんてことを俺が考えていると、恵獣の親子は俺達に先を急ぐそと促すように歩き始め……俺達もまた雪を蹴っての移動を再開させる。

そうして村が見えてきて、村の周囲の見回りをしていた大人達が俺達のことを見つけて……魔獣を狩ったことや恵獣を連れてきたことに大いに驚き、報告のためか村の中へと駆けていく。

そうして村全体がまたもや騒がしくなっていって……恵獣を連れ、シェフィを頭に乗せた俺と、肩を落としたユーラと、帰りを待っていたらしい女性に笑みを浮かべながら手を振るサープの三人は村の中央へと足を向けて……堂々の凱旋を果たすのだった。

第四章　豊かになる日々と蠢く魔獣

村に帰ると既にサウナが用意されていて、報告もそこそこに俺達はサウナへと向かうことになった。

食事とか精霊の工房の話とかは穢れを落として、落ち着いてからゆっくりやった方が良いだろうと……驚く程の物凄い勢いで出迎えてくれたアーリヒから言われたからだ。

村の皆に世話を任せた恵獣の親子を今後どうするのかという、村にとってはかなり重要な話し合いをする必要もあるだろうし、俺達が入っている間にアーリヒがそこら辺の準備をしてくれるとのことなので……その言葉に甘えることにして素直にサウナへと向かうことにした。

一日かかると思っていた狩りは思っていた以上に、順調過ぎるほど順調に終わって今は昼過ぎ、こんなに早い時間からサウナに入れるというのは、なんだか申し訳なくなると同時に妙に楽しい気分になれるものでもあり……狩りの成功もあって気分を弾ませながらサウナへと向かった俺達は、ゆったりとサウナを楽しむことにした。

何度もロウリュをして温度を上げて、体の芯から蒸し上げるような気分でじっくりと。

熱気が身体中を包み込み汗が次々に流れ出て、どうしようもない程に体が熱くなっていって……

そんな中ふと思い出すのは、前世のテレビで見たある情報、とあるサウナではお茶でロウリュをするとかで……それがまた凄く気持ち良いらしい。

お茶、ほうじ茶、紅茶などなど……良い香りがサウナ中に広まり、熱気で荒くなった呼吸がそれらを吸い込み、口の中や鼻の中が香りでいっぱいになって……時間を忘れてサウナを楽しむことが出来るんだとか。

お茶……お茶か、お茶を精霊の工房で作ってみるのはどうだろうか？

お茶は健康に良いとも聞くし、加工品になるだろうから精霊の工房で作ることも出来るはず……

ああ、いや、健康どうこうを言うならそれよりも先に薬を手に入れるべきかな？

薬……あまり複雑な科学的な加工が必要だとポイントも高くなってしまうし、副作用とかの問題もあるし、あんまり良くはない……かなぁ。

それよりかは皆が知っている薬効のあるハーブにしたほうが良いかもしれない。

以前出した食事用のハーブじゃなくて薬用のハーブと、それとお茶と……うん、中々喜んでもらえるに違いない。

……違いないのだけども、なんかこう……インパクトが薄いなぁ。

善行ポイントを消費してまで手に入れるべき物なんだろうか？　何かもっと他の物でも良いような……。

と、そんなことを考えているうちに砂時計の砂が落ちきって水風呂の時間となる。

どうやら考え事のおかげで暑さを苦にすることなく耐えられたようだ。サウナを出たらいつも通りに湖に飛び込み、綺麗に晴れ渡った空を見上げながら体をしっかりと冷やして、それから瞑想小屋に向かい……椅子に腰掛け静かに心を落ち着け、何も考えないようにする。

その方がしっかりとととのうと思ったからで……すぐにととのいが始まり、もう一人の自分との対話がまた始まり……自分と記憶を共有しているらしいもう一人のヴィトーが瞼の裏の世界、暗くて暗いのに色があって、不思議な模様が次々現れる世界で語りかけてくる。

『前世では面白いサウナがあったみたいだね？　薬を入れた水でロウリュして　全身でその薬効を浴びるって感じのさ』

……もう一人のヴィトーもこっちの記憶を覗けるのか……まぁ同一人物なんだからそれはそうか。

そして薬？　そんなサウナあったか？　……ああ、そう言えば小さなテントやタルみたいのに入って生薬入りの湯気を全身で浴びるなんていうのがあったな、健康法の一種なんだとか。

ん？　生薬？　そうか、生薬も薬か……。

自然で採れるものを乾燥させたりすり潰したりしたのが生薬で、これならポイントも低いか？

……そう言えば漢方薬って生薬を組み合わせたものだっけ？　干してすり潰して混ぜ合わせて……葛根湯とかが肩こりや風邪によく効くものだからよく飲んでいたなぁ。

漢方薬なら恐らく低ポイントで作れるはずで……副作用はあるけども、そこまで重いものではなかったはず？

……しかしなぁ、正しい処方を知らずに漢方薬を扱うっていうのも、怖いよなぁ……。薬で風邪を治してやりたいとなるとやっぱり子供だけど、そもそも漢方薬って子供に使って良いものなのか……？

『シェフィに聞いてみたら？　工房で正しい処方が書いてある本を作ってもらえますか？　とかさ』

更にヴィトーがそう言ってきて……そこでととのいが終わり、なんともすっきりした気分で目が覚める。

それからすぐにユーラとサープに視線をやると……二人は俺の頭をじっと見てから、ジェスチャーでもって「ちょっとだけだな」と、そう伝えてくる。

どうやら今回のととのいでも髪が黒くなったようだが、変化はほんのちょっとだけだったようだ。

以前のととのいと何が違うのかは分からないが……ドラーが出てこないことや、加護に変化がないことを考えると、この程度の狩りでは駄目というか、経験値が足りない……ということなのだろう。

もっとしっかり狩りをして己を鍛えて……もう一人の自分ともしっかり対話して、そうしてようやく以前のようなととのいの境地に到れるのかもしれない。

なんてことを考えてから俺は頭の上でゆったりとととのいの余韻にひたっているシェフィに声をかける。

「シェフィ、漢方薬の処方が書いてある本って工房で作れるものなの？　もしそうならどのくらいのポイントがあったら作れる？　それと今どのくらいの量のポイントが残っている？」

俺のその声に隣の椅子に座っていたユーラとサープが何を言っているのだろうか？　と首を傾げる中、シェフィはぷかりと浮かび、俺の目の前へとやってきて……それからどこか遠くを見て、何かと……向こうの世界の神様と会話しているような素振りを見せてから、ニッコリと微笑んで言葉を返してくる。

『そうだねー、まず今のポイントだけど、黒糖1個を1……いや10ポイントとすると、魔獣を狩ったことで1000ポイントになってるかな。

ランヴィの親子を助けたことで2万ポイント追加で、合計2万1000ポイント。

で、漢方薬の処方を書いた本は……全部は無理だけど風邪とかそういうよく使うものに限ってなら……そうだね、2万ポイントってところかな』

「げ、本だけで2万か……。

……いやいや、本で2万？　製紙が難しいってことか？　それとも印刷……？

いや、製本どうこうよりも、知識代って感じなのかな？」

『そうだねー……本当はもう少しお安くしてあげたいんだけど、中にはこっちに持ってこられちゃ困る知識もあるからね……そこら辺を抑制するためにどうしてもお高めになっちゃうんだよ。

でも漢方薬っていうのはとっても良い着眼点だね！　一部が同じ植生の向こうのお薬！　自然の力！　こっちに持ち込んでも全然問題ない知識だし……だから可能な限りお安くしてあげてるんだよ！』

「……お、お安めでそれなんだ、ちなみに葛根湯自体はどのくらいのポイントになるのかな？」

『えぇっとー……うん、大人一人が1回飲む分……一包分で、100ポイントかな』

「安!?　い、いや、高いのか？　黒糖10個で薬一回分か……。うぅん、そう考えると本のヤバさが際立つなぁ」

なんて会話をしてからもう一度考えてみる。

漢方薬の処方についての本が2万ポイントで漢方薬は1回で100ポイント……それで風邪を早く治せたり防げたりするのなら悪くないのかもしれない。

ポイントについてはまた稼げば良い訳だし……恵獣を見つけることは難しいかもだけど、魔獣はまだまだそこら中にいるはずで狩ることも難しくないだろうし……うん、アーリヒや村の大人達に相談して反応が悪くなければ、漢方薬を手に入れてみるのも良いかもしれない。

「何を話してんのかよく分かんなかったけどよ、薬が手に入るのならオレ様は大歓迎だぞ？　薬があれば婆ちゃん達も子供達も安心してくれるだろうしよ」

「自分も賛成ッスね、薬はいつお世話になるか分からないもんッスからねぇ、ヴィトーと精霊様がそれを作ってくれるってなら、狩りでもなんでも張り切って手伝うッスよ！」

俺の思考が終わったのを見計らってユーラとサープがそう言ってくれて……俺は二人に向かって笑みを浮かべて頷いてから……早速皆の所に行って相談すべく、脱衣所へと足を向ける。

着替えを済ませて、大人達の前に出ても良いように髪を整えて、それから意気揚々と脱衣所を出ると、ピスピスと動く二つの大きな黒鼻が俺のことを出迎えてくれる。

「うおう!?」

いきなり目の前に現れたそれに驚いて声を上げると鼻の持ち主、恵獣ランヴィの親子が声を上げてくる。

「ぐぅ――――」

「ぐー」

村の皆に世話を任せたはずの二頭は太く響くそんな声でもって俺を歓迎してくれて、そのしっとりとした鼻をグイグイと俺の顔や体に押し付けてくる。

皆に敬われる恵獣に、まさかサウナで汚れを落としたばかりなのに、とは言えずぐっと堪えながら口を開き、

「えぇっと、どうしたんですか？」

と、問いかけると恵獣は、

「ぐぅ――、ぐぅー」

「ぐー」

と、鳴き声を返してくる。

「名前をつけて欲しいんじゃねぇか？」

「多分名前ッスね」

すると俺のあとに続いて脱衣所から出てきたユーラとサープがそう言ってきて……俺は名前かぁと頭を悩ませ……親子のことをじぃっと見つめる。

「えぇっと……親の方はお母さんで、子の方は息子なのかな？」

瞳の優しさというか表情というか、その柔らかさでそう判断した訳で……直後、

「そうだな」

「そうッスね」

「ぐぅー」

と、ユーラとサープと親の恵獣が返事をしてくれる。

……いやまぁ、恵獣の返事は流石に偶然のはず、賢いとは聞いていたけど言葉を理解する程ではないはず。

そんなことを考えながら更に頭を悩ませて……その間も恵獣の親子はぐーぐーと鼻を押し付けながら声を上げ続ける。

そうして少しの間があって……その声に頭の中を支配されてしまった俺は、これしか思いつかないからと二つの名前を口にする。

「お母さんはグラディス、息子はグスタフ、こんな名前でどうかな？」

するとお母さん恵獣のグラディスが満足そうに目を細めてから口を上に上げて、

「ぐぅ――――!!」

と、大きな鳴き声を上げる。

それに続いて息子のグスタフが、

「ぐー――！」

と、グラディスの真似をしながら声を上げて……それを受けてかユーラとサープが左右から俺の肩をポンと叩いて言葉をかけてくる。

「はぁ、これで正式に恵獣持ちか……悔しいが仕方ねぇ、世話の仕方は教えてやるからよ、しっかり世話するんだぞ」

「おめでとうッス、そんなに若くて恵獣持ちだなんてモテモテになるッスねぇー」

その言葉に首を傾げた俺は左右を交互に見やってから言葉を返す。

「いや、まだ俺が世話をすると決まった訳じゃないだろ？　そこら辺はこれから皆と相談して――」

するとその言葉の途中でユーラがやれやれと顔を左右に振ってから言葉を返してくる。

「名付けってのは恵獣様にとって契約みてぇなもんなんだよ、お前が助けてからここまでの道中でもお前を気に入ってるようだったし、今だってそんな風に鼻を押し付けて親愛を示してもいるし……たとえ村の皆が反対したって、その親子はお前の側を離れねぇだろうよ。

ま、恵獣様が居て困ることなんて一つもねぇんだ、たっぷりと世話をして差し上げて、そのお恵みをたっぷりと貰っちまえば良い。

グラとかグスとか名前はちょいとばかり変わっちゃいるが、お二方とも良い恵獣様なのは間違いねぇからな、大事にするんだぞ」

その言葉の間ずっとサープはうんうんと頷いていて……恵獣の親子までがうんうんと頷いていた。

「えー……あー、うん……そういうことなのか、うん。じゃあえっと、その……よろしくお願いします」

そんな流れの中、俺がそう言うとグラディスとグスタフは嬉しそうに鼻を押し付けてくる。

グイグイグイ……ちょっとだけ湿った鼻にもみくちゃにされて微妙な気分になってしまうが、これは親愛の証らしいし受け入れるしかないだろう。

そのお返しとしてまずはグラディスの頬をガシガシと撫で回してやって、それからグスタフの頬を撫で回してやって……しばらくの間そうしてから、いつまでもここにいても体が冷えるだけだからと、村の中央へと足を向ける。

すると世話を任せた人や何人かの家長、それとアーリヒが俺達のことを待っていて……そのまま族長のコタに進むようにと促される。

ユーラとサープはそれぞれのコタに戻るようでそのまま別れて……グラディス達は当たり前のようについてきて、コタの中にまで入ってきてしまう。

しかし誰も何も言わない。恵獣がそうするのは当たり前のことなのか、何も言わずに受け入れて……シェフィを頭に乗せた俺が用意された、以前のものよりも広いしっかりとした席に腰を下ろすと、その後ろに脚をゆっくりと畳んだグラディス達が腰……というか体を下ろす。

それから俺の両肩に顎を乗せてきて、鼻からブフブフと息が吐き出されて……それに何とも言えない気分になっていると、アーリヒが笑いを堪えながら口を開く。

「そ、それでは報告をお願いします、魔獣を狩れたこと、恵獣様の親子を助けたことは既に知ってはいるのですが、ヴィトーの口から改めてお願いします」

そう言われてこくりと頷いた俺は、今日起きたことを……既に大体のことは知っているようなのでサラッと報告していく。

狩り自体は無事に終わったし、恵獣との出会いも偶然によるものだし……アーリヒが知っていることに付け加えることがあるとすれば、それはグラディスとグスタフの名前と漢方薬のことだろう。

漢方薬という薬が手に入るかもしれないこと、それにはかなりのポイントを消費して本を手に入れることが必須だと説明すると、周囲の家長達はもちろんのこと、ひときわアーリヒがその目をこれでもかと大きく見開き……キラキラと煌めかせ始める。

今まで一度も見たことのないそんなアーリヒの様子に気圧されながらの説明を終えると、サウナを出てからずっと何か考え事でもしていたのか黙っていたシェフィが声を上げる。

『漢方薬はたくさんの生薬を混ぜることで、効果を高めたり副作用を弱めたりするもの、らしいよ。どういう組み合わせが良いのか、どういう組み合わせが悪いのか、そういった知識はあっちの数百年という長い歴史の中で蓄積されていったもので……それを楽して手に入れるんだからそのくらいのポイントはしょうがないよね、だってさ』

そう言ってシェフィは宙に浮き、なんとも恭しい態度でコタの中をぐるりと回って……それから俺の目の前にやってきて、なんといったら良いのか……無駄に凛々しいドヤ顔のような表情を見せつけてくる。

それを見て長い付き合いの俺はすぐにシェフィが今まで何をしていたのかを察して、呆れ半分の微妙な表情となる。

恐らくサウナを出てからついさっきまでシェフィは、あちらの神様から漢方薬のことを教わっていたのだろう。

あれこれと教えてもらってそれを暗記して……そしてそれを今、ドヤ顔で皆に披露したという訳だ。

とても自慢げでなんとも子供っぽい、見方によっては可愛らしいその表情を受けて俺は、皆に気付かれないように小さなため息を吐き出してから、シェフィの顎辺りをちょいちょいと撫でてやる。

するとシェフィはなんとも嬉しそうな表情をして、しつこいくらいに撫でてやるとシェフィが満足げな恍惚とした表情となり……それからふわりと浮かんで、俺の頭の上にころりと寝転がる。

そんな俺達のやり取りが終わった瞬間、食い気味に前に進み出たアーリヒが、頬を上気させたその顔をグイとこちらに向けながらいつになく弾んだ、喜色に満ちた声をかけてくる。

「そのカンポウヤクというのは具体的にどんな症状に効くんですか？　子供達には使えるんですか？

……それがあれば風邪で亡くなる子供達を救えるんですか？」

「えぇっと……俺もそこまで詳しくは知らなくて、ただ風邪に効く漢方薬はお店で売っているものだけでも何種類かあったのを覚えています。

風邪の引き始めに飲むと良いものとか、咳止めとか、寒気がする風邪に効くもの、逆に体が熱くなる風邪に効くもの、喉の痛みを抑えるとか……色々ですね。

で、子供達に使えるかとかそこら辺のことは……すみません、本を手に入れないことには分からないです。

有害な成分は少なかったはずですが、全く無いとも言い切れないので、体が未熟な子供達に使うのなら本を……正しい知識を手に入れることは必須だと思います」

こちらの世界では子供の死亡率がかなり高い……生まれてすぐということもあれば、5、6歳になってもちょっとした風邪なんかをきっかけに命を落としてしまう。

7歳かそのくらいになると落ち着いてきて、風邪にも負けなくなるのだけど……それまでの7年間は家族にとって、そしてアーリヒにとってとても長いものなんだろう。

その7年が少しでも楽になるのなら、子供達が乗り越えられるようになるというのなら、多少の財産を失っても惜しくはないのだろうし……実際にアーリヒ達は沼地の商人から効くかも分からない薬のような何かを、結構な量買っていたりする。

そんなアーリヒにとって『精霊が効くと保証してくれた』漢方薬は、突然現れた救いの手というか、伝説の霊薬のようなものに思えてしまっているらしく、目を輝かせ両手を握り込み、今にも立ち上がって踊りだしそうな様子を見せるが……コホンと咳払いをし、それでもって落ち着きを取り戻したというか、咳払いでもって自分に落ち着けと促したのだろう……静かにゆっくりと声を上げてくる。

「ヴィトーが善い行いでもって溜め込んでくれたものを浪費してしまうようで気が引けますが……それだけの知識が手に入るのはとてもありがたいです。

……各家長から反対意見もなく、ヴィトーが許してくれるのならその本を手に入れたいのですが……」

そう言ってアーリヒが周囲を見回し、それに続く形で周囲の家長達の様子を見てみると、子供のためにとアーリヒを族長に据えた人達だけあって、反発の色を見せている人は誰もいない。

それどころか幼い子供やこれから生まれる子供を救えるかもしれないということに希望を見出している様子で……これはこのまま本と漢方薬を手に入れるということで話が決まってくれそうだ。

俺としても子供達を病気から守れるのであればそうしたいし……子供を失って沈む親とかアーリヒの姿を見なくて済むのなら、2万ポイントくらいなんでもないと言う思いもあるし……うん、十分な価値はあるはずだ。

「……では、漢方薬の本をまず手に入れてその本を読み進めていって、残りのポイントは必要に応じて漢方薬を手に入れるために使う、ということで良いですか？」

そんなことを考えて心を決めて、それから俺が家長達にそう尋ねると、誰もがうんうんと力強く頷いていて……では早速注文するかと、そういう流れになりかけた所で俺の頭の上でゴロゴロと転がっていたシェフィが声を上げてくる。

『あ、その本についてはヴィトーしか読めないからね。とっても特殊な文字で書かれていて、ヴィトーがその読み方を誰かに教えたとしても誰にも読めないよ』

……それを今言うかね……。

そもそもシャミ・ノーマ族には文字という文化が無い、商人達との取引のためにアーリヒと一部の家長達が簡単な文字と数字を読めるという状況で……この本をきっかけに文字の読み書きを教えるのも良いかもしれないと、そう考えていた俺の心の中を読んでのことなのだろう……。

アーリヒも家長達もシェフィの言葉を受けて「だからどうだと言うのだろうか？」とそんな顔をしていて……苦い顔をしているのは俺だけのようだ。

それで俺が死んだりしたらどうするんだとか、色々言いたいことはあるけども、恐らくシェフィはそこら辺のことも考えた上でさっきの発言をしているのだろう。

俺が生きている間だけの特典だよ、だから俺のことを大事に守ってね、変な欲を出して俺の機嫌を損ねないようにしてね……なんてシェフィの心の声が聞こえてくるかのようで……過保護というかなんというか、そんなことをしなくても村の皆は変な考えを起こさないと思うのだけどなぁ。

……まぁ、うん、文字については仕方ない、過保護過ぎることについても、今ここで話すことではない。

咳払いをし、場を仕切り直した俺は改めてシェフィに向けて声を上げる。

「じゃあシェフィ、漢方の処方についての本を作ってくれ。残りのポイントは温存で……本の内容は子供への処方についてもしっかり書いておいてくれよ」

『はーい、じゃぁ今から作るねー』

そんな俺に対しそう返してきたシェフィは、以前とは少し違って、作業台を引っ張り出すのではなく、作業台を引っ張り出していた『どこか』にすっと入り込んでいく。

どこかに入り込んで姿が消えて……その辺りに白いモヤが浮かんで、その中からはガチャンゴトンと不思議な音が聞こえてきていて、音がする度にモヤが揺れて……そして一瞬、モヤの中に何かが見える。

それは建物のようだった。看板がありガラス戸があり、品物が並ぶ棚のようなものがガラスの向こうに見えていて……まるで駄菓子屋のようなその建物の看板には恐らく日本語が書かれている。

『精霊の印刷工房』

……異世界に来てまでまさか日本語を見ることになるとはなぁとか、精霊の世界の工房ってそんな駄菓子屋みたいな見た目なのかよとか、色々言いたいことはあったけど、言った所で誰にも通じなそうなので何も言わず、黙って見守っているとそのガラス戸の向こうからエプロン姿のシェフィが一冊の本を手にしながら姿を見せる。

その本は最初、シェフィの小さな手に収まる大きさだったのだが、シェフィが工房から出てくると少し大きくなって、モヤから出てくると更に大きくなって……そして俺の手の上に置かれる頃には普通というかなんというか、大体週刊誌くらいの大きさへと変貌していた。

……一体何がどうなっているのやら。

そんなことを思いながら精霊のやることにいちいち突っ込んでも仕方ないかとその本の表紙に視線を落とすと、こんな文字が視界に入り込む。

『わかる！　漢方薬の処方についてＱ＆Ａ　症状逆引き索引付き！』

何種類もの生薬を集めて撮影したらしい写真の上に、本屋でよく見るようなキャッチーかつポップな書体が書かれていて……それを見て俺は思わず、

「日本語かよ!?　っていうかこの本、向こうの本屋から持ってきただけじゃないだろうな!?」

なんてシェフィ以外に通じないだろう叫びを、声を裏返らせながら口にしてしまう。

慌てて裏を見るとバーコードがあって値段までが書かれていて、本屋から持ってきた疑惑が更に

高まるが、裏から本を開いておくづけを見てみると『精霊工房出版　著者シェフィ』の文字があり……一応ちゃんと精霊の工房で作ったものみたいだ。

一体なんだって日本語で、こんなデザインで作られているんだと突っ込みたくなるが……確かにこの世界の、沼地の連中の文字で書かれていても困るし、読み辛いしで……俺のための本である以上は、日本語にするしか無かったのだろう。

それから俺はアーリヒを始めとした皆が、突然訳の分からないことを言い始めた俺に困惑する中……なんとも恥ずかしい気分になって顔をうつむかせ、皆の視線から逃げる形で本の内容をささっと読み進めていく。

すると量を減らせば漢方薬を子供に飲ませても問題ないということが分かってきて、子供に飲ませてはいけないようなものはそもそもシェフィが作ってくれない、みたいなことも書かれていて……それならまぁ、うん、安全性については安心出来そうだと安堵のため息を吐き出す。

本のページ数はざっと100ページ、この場で全てを読むというのは無理があり……そこら辺の確認を終えた俺はアーリヒ達に、今読んだ内容についてを話していく。

すると訳も分からず困惑していたアーリヒ達の瞳がさっきまでの輝きを取り戻していって……そして子供にも使えるということが余程嬉しかったのだろう、アーリヒを含めた皆からコタを震わせる程の大歓声が上がることになるのだった。

それから少しの時が経って皆が落ち着きを取り戻して、今漢方薬が必要な子供がいないかの確認が始まって……その次には老人を中心とした大人達は問題ないかと確認が始まった。

結果は特に問題はなし、とりあえずは漢方薬を使う用事はなさそうだとなって、解散の空気が流れ始めたところで、アーリヒがじぃっと俺のことを見つめてくる。

見つめてきながら何かを話しかけようとしてすぐに躊躇して、それからまたすぐに話しかけようとして……と、そんなことを何度か繰り返してから視線を鋭くし、意を決したように言葉をかけてくる。

「……ヴィトー、あなたはどうして私達にここまでしてくれるのですか？

捨て子のヴィトーのままだったなら、拾って世話をしてくれた恩返しであると理解出来るのですが……今のあなたは他の世界に住んでいた他の世界の知識を持つ、他の世界の住人、なんですよね？

精霊様が選んだ高潔な魂であるということは理解しているのですが……それでもあなたが何故ここまでしてくれるのかが私には分からないのです」

それはいつになく重い力の込められた声によるもので、ついさっき日本語がどうのと口走った俺への疑念も込められているようで……この問いにはしっかりと答えなければいけないなと考えた俺は居住まいを正し、アーリヒの目をまっすぐに見て……そして少しだけの気恥ずかしさをどうにか飲み込んで……前世のことを思い出しながら答えを返していく。

「……俺は前世で夢を叶えきれなかった男なんですよ、ある夢があってそのために努力をしていて……その夢のための努力だけをしていて他に何もしていなかったんです。

それであと一歩で夢が叶うかもしれないというところまでいったのに……そこで無念にも命を落としてしまって……。

自分の手で夢を叶える事ができなくて、そのためだけに生きてきたものだから他に何も残すことが出来なくて……仲間達に大したものも残せないまま一人で死んで、ああ、俺ってなんのために生きてきたんだろうってそんなひどい絶望と後悔に飲まれて、魂だけの存在となって深い深いこんなにも残酷な世界があるものかってくらいの暗闇に飲み込まれたんです。

そこに助けに来てくれたのがシェフィで……シェフィがここで生まれ変わって夢以外の何かを成す、何かを世界に残すチャンスをくれたんです……だからそのチャンスで俺は色んなことをしたいんです。

助けてくれたシェフィとの約束を守って、世話をしてくれた皆のことを助けて恩返しをして……それからスローライフって言っても分からないか。

ゆったり、他人に急かされない……自分で何をするか、どう時間を使うかを決められる、そんな日々を送って……その中で色々な……出来る限りの成果を残して、満足しながら死ぬことが今の夢なんですよ」

するとアーリヒは何を考えているのか、難しい表情をしながら黙り込み……そして黙って話を聞いていた家長の一人が問いを投げかけてくる。

「何も残せなかったって言うがな、子供くらいは残してきたんだろう？」

「いえ……子供どころか結婚もしていませんでした」

俺がそう返すとその家長は目を丸くして硬直し……その隣に座る家長が次の問いを投げかけてくる。

「そんな若い歳で死んだんか？」

「いえ、四十近くでしたね」

その家長もまた目を丸くして硬直し……そして家長達が一斉に俺に同情的な視線を向けてくる。

この村では10代のうちに結婚するのが普通で、よほどのことがない限りは結婚出来ないということはない。

そして男女の深い関係は結婚してからのものと考えられていて……そんな価値観で見る40代未婚ということは……まぁ、思わずそんな視線を送りたくなってしまうものらしい。

……実際、結婚とかは夢を叶えてから、生活が安定してからと意地を張っていたせいで、そういった経験は全くと言って良い程に無いのだけど……そのことに関してはそんなに後悔はしていない。

子供を残せていたら、と思う気持ちはなくはないけども……それよりも何よりも自らの手で夢を叶えられなかったことが何よりも辛いことだった。

だけども今はもうそれ程辛くはない、後悔もない。

シェフィが教えてくれたから……友人達が後を継いで俺の夢を叶えてくれたことを教えてくれたから、それについては心の整理がついている。

だから今は後ろを向くよりも前を向いていたい。

……シェフィの手伝いをして、俺のことを、ヴィトーのことを温かく迎え入れてくれた上、嫌な顔ひとつせず世話をしてくれた、皆のために役に立って、皆の記憶にしっかりと残って……皆に感謝されながら死ねるならきっと、それは幸せなことなんだろうと思うし、それこそがシェフィがプレゼントしてくれた俺の新しい人生に相応しい夢なんだと思う。

なんてことを考えていると、俺の想いとは裏腹に、俺がひどい後悔をしてしまっているとでも思ったのか、家長達による同情的な視線がどんどん強まっていく。

「そ、そういうことならワシらに任せておけ、お前に相応しい良い縁があるようにしてやるからな」

「そ、そうだな、ヴィトーには世話になっとるしな」

「心配の必要はねぇ、恵獣様がいるとなれば喜ぶ娘も多いだろうさ」

そんな視線を浴びながら俺が黙り込んでいると、家長の何人かがそう言ってきて……他の面々もうんうんと頷く。

前世の価値観を持っている側からすると放っておいて欲しいというか、自由恋愛で相手を見つけたいと思ってしまうのだけど、この村ではそんな価値観は通じないだろうし……うん、彼らの好きにさせるというか、任せてしまうことにしよう。

どうしても嫌な相手の場合は断る権利はちゃんと認められているし、不幸な結婚となった場合には離婚も認められているし……なんとか良い家庭を作れるはずだ。

まぁ、そもそも相手がいないことには話にならないのだけども……と、そんなことを考えていると、アーリヒが手を叩いてざわついていた皆を落ち着かせて、話が終わったなら解散しようとの声を上げる。

俺はこれから……未だに肩に鼻を乗せているグラディス達の世話をしなければいけないし、村の皆は狩った魔獣の処理があるし、そろそろ調理も始めないといけない時間だしでやることは多い。

そういう訳で全員でほぼ同時に立ち上がり……肩を回し腰を回し、固まった体をほぐしながらそれぞれの仕事場へと足を向けるのだった。

日が沈み始めた森の中で――――????

若き戦士が連続で討たれた、そんな報告を受けてそれは酷く苛立っていた。

順調に進んでいたはずの世界の汚染、それがあと少しで完了するという所でこんな面倒事が発生してしまうなんて……信じがたく受け入れがたく、自らの評価を落としてしまうことにも繋がりかねない事態だ。

幸いにして配下の戦士の数はまだまだ多く、汚染自体も順調だ……戦士を討った何者かを処理することさえ出来たなら何も問題はない。

報告によると戦士達はその爪を振るう間もなく、その何者かと牙を交えることなく討たれたという……想像するにあの弓とかいう武器のような距離を取った攻撃でやられてしまったのであろう。

そうなると単独では駄目だ、複数の戦士を差し向けるべきだ、一体全体どんな弓を作ったのかは知らないが、三か四かそれ以上の数を送り込めばどんな弓であろうが対応しきれないはずだ。

相手の武器の正体が分からないまま戦士達を送り込むというのはあまり気分の良いものではない

が、それ以外に情報が無い現状他に手はないだろう。

油断せず念には念を入れるのであれば、数を惜しまず五か六か……その辺りの数を送り込めばなんとかなるはずだ。

そんなにも多くの戦士を送り込むとなると相応に魔力を消耗してしまう訳だが……問題はない、沼地のあの家畜達がいくらでも魔力を作り出してくれるのだから何の問題もない。

愚かで欲深く、先のことを考えることが出来ず、ただ今が楽しければ良い、自分が楽できればそれで良い、そんな家畜達のおかげで魔力は十分過ぎる程に満ち溢れていた。

一体全体どういう頭をしていたらあそこまで愚かでいられるのか……知能も誇りも自我さえもなく、ただ自堕落に生きる家畜達のことを思い出し、それは表情をひどく歪める。

戦士達を討った敵共は気に入らない相手ではあるが、そんな家畜達に比べれば遥かにマシな存在であるだろう。

誇りを捨てず希望を捨てず、汚染に抗うためにこんな極寒の地に移住してまで戦いを続けている。

気に入らないし余計な邪魔をされてしまったし、少しでも早く滅ぼしたい存在ではあるが……真正面から向かい合い、堂々とした狩りでもってこちらに挑んでくるその姿は命を賭けて戦うに値する好敵手であると言えた。

決して諦めず折れず穢れず……あの御方が許してくれるのであれば味方に引き入れたい程であっ

た。

だがそれは決して許されることのないことなのだろう、あの御方は世界の汚染と抵抗勢力の絶滅を悲願としているのだから。

驚く程に狡猾で圧倒的な強さを有していて……震え上がる程に邪悪で心酔する程に完璧で……。

失敗が続けばその邪悪さが自分に向くだろうことを知っていたそれは身震いをしてから、手下である戦士達に号令をかける。

あの村を滅ぼせ、あいつらにトドメを刺せ、世界の汚染を完了するために奮戦せよ、と。

それを受けて戦士達は周囲の木々を震わせる程の雄叫びを上げ……そうしてあれらとの戦いに備えるべく、それぞれの方法で英気を養い始めるのだった。

第五章　続くトラブルと貯まるポイント

グラディスとグスタフの世話をすることになって、まずしなければならないのは彼女らの寝床の確保だった。

食料については森の中に連れていけばなんとかなるし、世話に必要なブラシなどの道具も皆から借りることが出来る。

だけども寝床はしっかりと用意しなければならず……それは一朝一夕で出来るものではなかった。

狩りも家事もせずにそれだけに集中できたなら2、3日もあれば作れたのかもしれないけども、狩りをしなければならないというか、期待されている立場ではそれも難しく……とりあえず村の職人、大工のような仕事をしている人に寝床の準備を依頼することにした。

依頼するとなるとお礼が必要になるし、忙しい人なのでそれなりに待たされることになってしまうが……他に手がないのだから仕方ない、寝床が出来上がるまでグラディス達には俺のコタで寝てもらうことにしよう。

「……という訳で俺のコタで寝泊まりしてもらうことになるけど、問題ないかな？」

夕食を済ませて職人への依頼を済ませて、自分のコタへと戻る道すがら、そう声を上げると隣を歩いていたグラディスとグスタフが声を返してくる。

「ぐぐぅー！」

「ぐー」

声の後に大きく頷き、問題ないと示してきて……それから俺の脇腹を鼻でぐいぐいと押してくる。

それはある物が欲しい時に恵獣がしてくる行動だそうで、俺は恵獣の世話が得意な家長から受け取った『ある物』を上着のポケットから取り出す。

それは小さく砕いた岩塩だ。恵獣の好物で体を作るために欠かせないもので……それを一つ摘み上げると、まずは子供からだとグラディスに促されたグスタフがぱくりと口に含む。

それから岩塩を口の中で転がして……目を細めてなんとも美味しそうに堪能し始める。

それを見てからもう一つ摘み上げグラディスに食べさせ……グラディスもまた目を細めて嬉しそうにする。

それから二頭揃ってもっとくれ、もっとくれと俺の脇腹をせっついてきて……俺は苦笑しながら、

「コタに戻ってからな」

と、そう言って足を速める。

すると二頭はもっとよこせと俺の両脇腹に鼻やら角やらをゴリゴリと押し当ててきて……俺はそれから逃げるように自分のコタへと駆け込む。

そうしたならコタの隅の荷物をどかしてスペースを作り、予備の毛皮でもって二頭のための寝床を用意してやって……それから木皿を二つ用意し、その上に岩塩のかけらを何個か乗せて寝床の側に置いてやる。

するとグラディスとグスタフはコタの入り口の毛皮でよく蹄を拭いてから中に入ってきて、俺が用意した寝床にゆっくりと体を下ろし、それから木皿を自分達の食べやすい位置へと鼻で押して移動させて……体を下ろしながらゆっくりと岩塩を堪能し始める。

「食事は明日の早朝、狩りの前に連れていくからそれまでは岩塩で我慢してくれよ」

そんな二頭にそう声をかけながら銃の手入れを始めると、グラディス達が羨ましくなったのか、シェフィが俺の目の前にやってきてその小さな手を差し出してくる。

何かくれ、そう言いたげなその手を見て小さなため息を吐き出した俺は、調味料を入れておく壺へと手を伸ばし、中に入れておいた黒糖を一粒シェフィに手渡す。

するとシェフィは満足そうな笑みを浮かべ、コタの中にどこからか持ってきたらしい小さな毛皮を敷いて自分の居場所を作り出し、そこに腰を下ろして黒糖を少しずつ齧り食べていく。

シェフィは基本的になんでも食べる事ができて……食事を摂らなくても死ぬことはない。

精霊は皆そういうものであるらしく、食事は完全な娯楽として行っているらしい。

完全な娯楽だからか味には厳しく、いつでも美味しいものを求めているのだけど……甘味に関してはハードルが低くなるというか、甘ければそれで許せてしまうらしい。

なんとも良い笑顔で甘味を楽しむシェフィをじぃっと見やってから改めてグラディス達に視線をやると、グラディス達はゆっくりゆっくり、惜しむかのように岩塩の欠片を舐めていた。

そんな風に岩塩が大好きな恵獣は冬の間は雪の下に埋もれている苔を主食としているんだそうだ。

前世の知識からの思い込みで乾燥させた牧草を食べさせるものとばかり考えていたのだが、どうも乾燥させた牧草を食べさせるとお腹を壊してしまうらしい。

雪の下の苔のようにしっとりと水分を含んでいることが重要で……冬が終わって春夏になったとしても水分の多い草や苔ばかりを選んで食べ続けるんだそうだ。

そういった草を保存しておくことは難しく、コタや村での食事はほぼ不可能で……明日からは毎朝毎晩、グラディス達の食事のために村の外へと出かけることになる。

そうやって出かけて狩りもして……かなり忙しくなるがその価値はあって、ミルクに毛にと恵獣は様々な恵みをもたらしてくれる。

幸いというかなんというか、グラディスは子連れの母親……ミルクが出る状態な上にグスタフは乳離れをしていて……しっかりと世話をしてやれば毎日かなりの量のミルクや乳製品にありつけることが出来る。

恵獣のミルクはとても美味しく栄養豊富で、そのままでもチーズやバターにしても美味しく楽しむことが出来る。

特にチーズ作りにはありがたいミルクとなっていて、普通なら酵素などが必要なチーズ作りが恵獣のミルクの場合はまさかのまさか、そこらに生えている木の樹液で作る事が出来てしまい……それでいて他のチーズよりも美味しいという、とんでもない代物なのである。

樹液を入れる関係で木のすっとした匂いとちょっとした甘さが入り込んでしまうが、それもまた良いアクセントになっていて、肉料理との相性は最高となっている。

チーズやバター作りに欠かせない塩も今ならいくらでも手に入るし……グラディスのミルクが出なくなるまでは、かなりの量のチーズとバターを作ることが出来そうだ。

毛に関しては……正直刈り込むのも毛で糸を撚るのも大の苦手で、得意とする女性の誰かに頼んでしまうのが良いだろうなぁ。

角は生え変わりの時期に落ちたのをもらって加工品や薬にし、蹄も……まぁ、削った際に出た削りカスなんかを集めて誰かに押し付けるなり売りつけるなりしたらそれなりの稼ぎとなるはずだ。

それだけの稼ぎになるのだから多少大変でも世話をする価値はあり……明日は朝から忙しくなりそうだ。

と、そんなことを考えながら銃の手入れを終えたならしっかりとしまい……それからコップと歯ブラシを手にし、コップにたっぷりと水を入れてから歯磨きをすべくコタの外に出る。

こんなところで虫歯になったら大惨事だ……シェフィなら不思議な力で治してくれそうだけど、それでも物凄いポイントを要求されるだろうし、しっかりと磨いておく。

磨いたなら村の外れにある厠……トイレへと向かい、済ませることを済ませたならコタに戻って手とコップと歯ブラシを洗う。

洗ったならコップを柱にかけて干し、それから寝ている間に凍ってしまうだろう水差しの水を外に捨てて……それからコタの中央にある竈へと薪を追加しておく。

それから寝床に移動して深呼吸をし……自分の体調に問題ないかをしっかりと確かめる。

問題がありそうなら酒や香辛料などを食べて体を温める必要があるからだけども……うん、今夜は美味い肉をいっぱい食べたし運動もしたしで全く問題ないようだ。

程よい疲れがたまっていて心地よく眠れそうで……寝床の毛皮を手に取り体を包んでいると、グラディスとグスタフが自分達の寝床からこちらを見やって、

「ぐぐ〜」

「ぐー」

と、声を上げてくる。

続いて用意してやった、小さな木箱で作った寝床に入り込んだシェフィも『おやすみー』と声をかけてきて……俺はそんな皆に「おやすみ」と返してからゆっくりと毛皮の中に埋もれて……そうして夢の世界へと旅立つのだった。

朝目覚めて、身支度を整え着替えを済ませ、それからシェフィを頭に乗せて一応銃も取り出しいつでも撃てるようにして、グラディスとグスタフと共に恵獣の餌場へと向かう。

餌場は村のすぐ側にある……というか、餌場のすぐ側に村を作っている。

季節ごとに餌場を求めて移動するのが遊牧で、シャミ・ノーマ族は遊牧をしていて、今村があるのは冬営地……餌場とサウナがあり冬暮らすのに適している土地、という訳だ。

湖の側、春になると湖から水が少しだけ流れ出てくる一帯に多くの苔が生えていて……そこに向かうと既に先客がいて、何頭もの恵獣が槍や弓矢を持った大人達に見守られながら食事をしている。

そんな先客達に挨拶をすると、オスの恵獣の一頭がその鼻でもってあそこが良いと場所を示してくれて、グラディスとグスタフはそれに従ってその場所へと向かい……前足で軽く雪を掘ってから鼻先を雪の中に突っ込んでの食事を始める。

モクモクと口を動かし、たまに力強く顔を振って苔を引き剥がし……それからまたモクモクと口を動かしゆっくりと食事を進めていく。

「……しかしアレだけの巨体、苔だけでよく保つよなぁ……いや、草食動物だから当たり前と言えば当たり前なんだけど」

そんな食事の光景を見やりながら俺がそう言うと、頭の上のシェフィが言葉を返してくる。

『岩塩とかも食べてるし、樹液を舐めることもあるし、苔だけって訳でもないけどね！ ちなみにあの苔、苔そっくりの見た目だから皆苔だって言ってるけど、菌類の仲間だから正しく分類するならキノコってことになっちゃうね』

「え、あれキノコなの？ あんな見た目のキノコがあるの？ 苔にしか見えないけど……」

緑色でふかふかで春なんかは地面をびっしりと覆っていて、前世で見た苔そっくりで……試しに足元の雪を掘って確認してみるが、どう見ても苔でしかないが……かと言ってシェフィが嘘を言っているようにも思えない。

『もちろん苔が一緒に生えてたりもして苔も一緒くたに食べちゃってるんだけど、ほとんどがキノコだね。栄養満点で水分も豊富で食感も味も良くて……ランヴィにとってはごちそうって訳なのさー』

更にシェフィはそう続けてきて、俺は「なるほどなぁ」なんて言葉を返しながらグラディス達のことをじっと見やる。

目を細めて美味しそうにモクモクと口を動かし、昨日の晩食事が出来ていなかったからか、その勢いは凄まじく……いや、俺とグラディス達が出会う前から満足な食事が出来ていなかった可能性もある訳か。

だというのにグラディスは文句も言わずに俺の考えなしの決定に従ってくれていて……うぅん、食事が終わったらたっぷりブラッシングをしてやらないとなぁと小さな後悔を抱く。

幸いというかなんというか、恵獣の世話に詳しい人から恵獣用のブラシをもらっていて、それは今上着のポケットの中に入っている。

そして今は早朝、村ではまだまだ朝食の準備が始まったくらいの時間帯で、食事の時間も狩りの時間もまだまだ先のこと、グラディス達の食事が終わればいくらでもブラッシングが出来る状況だ。

ブラッシングは恵獣自身が喜んでくれるのはもちろんのこと、その毛の品質にとっても大事な行為で……ぱっと見では分からない程に長く細く、綺麗なその毛を整えることは、いずれ生え変わる時期に頂戴して服などの材料にする俺達にとっては欠かしてはいけないことだったりする。

ブラッシングすればする程、毛は切れることなく長く美しく伸び……その方が糸にもしやすく、糸から布を作る際の負担もうんと減って布の質も良くなるんだとか。

つい昨日まで野生だったグラディス達の毛は短く毛羽立ち荒れ気味で、村でずっと世話をされてきた村生まれの恵獣の毛は長く伸びつやつやサラサラで……ブラッシングの重要さがよく分かる。

そういう訳で食事を終えたグスタフが近寄ってきたならブラシを取り出し、グスタフの頭から足の先までを丁寧にブラッシングしてやる。

下手なブラッシングをしたなら、

「ぐぅー！」

と、抗議の声が上がるので丁寧に、長い髪の毛を梳くようにさっと流して……痛くないよう、少しでも気持ちよくなるように気をつけながら丁寧に。

短くてピロピロと動く尻尾の先までそうやって梳いてやって、全身くまなくブラッシング残しがないってな状態までやるとグスタフが自らすっと俺の側を離れ……食事を終えて順番待ちをしていたグラディスと交代する。

グスタフよりも大きい体のグラディスを丁寧にブラッシングしてやって……そこまで激しい運動って訳でもないのに長時間やっているからか息が切れてくる。

家によっては30とか40とか、１００頭以上の恵獣を抱えている家もある訳で、その全部をこんな風にブラッシングしていると思うと気が遠くなるやら、尊敬するやらで周囲で頑張っている大人達を思わず尊敬の目で見てしまう。

そんな風によそ見をしても、

「ぐぐー!!」

と、抗議の声が上がるので一瞬のことだけども、いやはや、これを毎日続けているとはすごい話だよなぁ……。

俺もこれから毎日これをやっていく訳で、それがグラディスとグスタフの家族になった責任で……前世で持つことのなかった責任の重さを痛感しながらブラッシングを終えたなら、満足そうな顔となって少しだけつやっとした毛を揺らす二頭と共に自分のコタへと足を向ける。

『お疲れ様～』

するとずっと頭の上で静かにしていたシェフィがそう言ってくれて……その言葉を噛みしめ雪を踏みしめながら歩いていく。

そうやってコタまで後少しという所まで歩いていくと、遠目でもはっきりと分かる長身で美人のアーリヒがこちらに駆けてきて……その顔は良くないことでもあったのか青ざめていて、いつになく高く切実そうな声をかけてくる。

「ヴィトー！　連日で申し訳ないのですがお願いがあります！　薬です、カンポウヤクをください！　ミリイが……子供が一人風邪をひいてしまったようなんです！

今はまだ症状は軽いですがあの歳で風邪が悪化すると命に関わります……！　確か引き始めに飲む薬があるとか、そんなことを言っていましたよね！」

必死な表情で声を裏返らせて、そんなアーリヒを見るのは初めてかもしれないと驚きながら頷いた俺は、グラディス達をコタの中に入れて待っているように頼んでから、棚にしまっておいた漢方薬についての本を手に取り、アーリヒと共に子守コタの方へと駆けていく。

そう離れている場所でもないし、そんな急変する病気でもないだろうから駆ける必要はなかったのだけど、アーリヒの狼狽振りが見ていられず、子供のためと言うよりもアーリヒのために駆けていって……途中立ち寄ったコタで水を借りて手を洗ってから子守コタの隣に急遽建てられた看病用のコタの中へと駆け込むのだった。

コタの中では幼い……3歳か4歳くらいの女の子と母親がいて、熱が上がり始めテンションまで上がってしまったのか動き回ろうとしている女の子を母親が懸命に宥めている。

そんな母子の下に向かい、体温を守るためか分厚く敷かれた毛皮の上に腰を下ろし……それから本を開いて念のための問診を始める。

「おはよう、ミリイちゃん、体はどんな感じかな？　熱い？　冷たい？　喉はどう？　胸が痛いとかはないかな？　お腹はどう？」

医者としての知識はないし勉強をしたこともない、頼りになるのはこの本だけ、それでも症状をしっかりと確かめることは重要なはずだと考えて問診を続けていく。

体はまだ熱くない、喉は平気、体が痛いとかもないけど少しだけ体が重い。

子供の足りない語彙でミリイちゃんがそういったことを一生懸命説明してくれて……おでこにそっと触れると……うん、微熱があるようだ。

前世ならこのくらいの症状は寝て治す感じなのだけど、ここではいつ悪化するかも分からないからそうもいかないのだろう。

咳はないし、喉も痛くない、胃腸に異常はなさそうだし、不自然な発汗もない。

むくみもないし、念の為目を見てみても黄疸もないし……うん、葛根湯を飲ませても問題ない……はずだ。

専門家でもなければ医者でもなく、そういった知識もなく……不安は尽きないが前世では普通に市販していた薬だし、そう変なことにはならないはずだ。

「シェフィ、葛根湯を……1包じゃなくて3分の1包分ください」

問診を終えた俺がそう言うと、シェフィが俺達の目の前にやってきて……ミリイちゃんが「せいれー様だ！」とその目をきらきらと輝かせる中、白いモヤを発生させて、薄紙に包まれた粉を俺の手のひらの上にポンと置く。

……この薄紙もここでは結構な価値があるような？　なんてことを思いつつそれを開き、薄紙を折って葛根湯を飲ませやすい形にし、それからコタの中に用意してあった白湯をコップに入れてもらってすぐに飲めるようにしてもらって、それからミリイちゃんに口を開けてもらい、中に葛根湯を流し込む。

葛根湯には甘草、その名の通り甘い草が入っている。

おかげでほんのり甘く飲みやすい方なのだけど……それでも薬は薬、苦いし粉が喉に張り付くしで子供にとっては嫌なものだろう。

そういう訳で葛根湯を流し込んだらすぐに白湯を飲んでもらって……しっかり飲んだことを確認したら、それで処方は完了だ。

「ありがとうございます、ありがとうございます！」

「せいれーさまのおにーちゃん、ありがとう……」

処方が終わるなり母親とミリイちゃんがそう言ってくれて、母親に至っては目に涙を浮かべながら俺の両手を掴んで感謝の気持ちを示してくれて……俺は何とも言えない気恥ずかしさを感じながら言葉を返す。

「あとは栄養をしっかりとってゆっくり寝て……症状が悪化するようならまた別の薬を、という感じになります。

同じものを2包、お母さんに渡しておきますので昼食前、夕食前に飲ませてあげてください。

発疹やかゆみが出たり、吐き気が出たり、皮膚や目が黄色くなったりした場合は声をかけてください、その場合は飲まない方が良いかもしれないので」

そう言ってまたシェフィに作り出してもらって……これで1包100ポイントか。

他の子に感染してなければ良いけど……と、そんなことを考えてからあることに気付き、母親とアーリヒに声をかける。

「ここを出る前に手を洗ってうがい……口の中と喉の奥を水で洗ってください。やり方の詳細は後で教えますが、それをやっておくと病気の原因が体内に入るのを防げて、結果病気が広がるのを防げます。

ミリイちゃんも元気になってから何日かはここで寝泊まりして他の子と会わないようにした方が良いですね、ミリイちゃんは元気なんだけど病気の原因が体内に残っている可能性があって、それが他の子に広まってしまうこともあるので」

そう言って俺が病気の原因を……出来るだけ簡単に説明し、それを防ぐための方法について説明すると、母親もアーリヒも理解しきれてはいないが分かったとそう言ってくれて、マスクになりそうな布や石鹼なんかも用意してくれることになった。

前世のやり方がこちらでも通じるかは……正直分からないけども、そこら辺のことを知っていそうなシェフィが何も言ってこないことから、間違ってはいなそうだ。

そうこうしているうちに朝食が出来上がり始めたのかあちこちから美味しそうな香りが漂ってき

て……朝食を終えたら狩りに出ることになっている俺は慌て気味に立ち上がる。

　するとアーリヒが、

「ヴィトー、今日はお世話になりましたからアナタの朝食はこちらで用意させていただきます。コタに戻ったらそのまま待っていてください、準備は終わっているのでそこまでお待たせすることはないはずです」

　と、声をかけてきて……俺は驚きのあまり数秒硬直してしまう。

　アーリヒの手料理？　なんで俺に？　なんてことを考えてから、いやいや、世話になったからだと今さっき説明してくれたじゃないかと我に返り……、

「で、では、コタで待っています」

　と、裏返り気味の声を返してしまう。

　それから慌て気味に白湯を借りて手を洗ってうがいをし……それから外に出て自分のコタへと足を向けるのだった。


「で、で、で？　どんな朝食になったんだ？」

　朝食後、身支度を整え道具の準備を整えてシェフィを頭に乗せて、狩りに出ると第一声、ユーラ

がそんな声をかけてくる。

ユーラとサープにはアーリヒが俺のコタに来たことは言ってないのだけど、噂にでもなっているのか二人は知っているようで……俺は頭を軽く掻いてから言葉を返す。

「普通の恵獣ミルクスープだったよ、肉多めで乾燥野菜も入っている豪華なやつ」

するとサープがやれやれと首を左右に振ってから声を上げてくる。

「いやいや、料理の内容はどうでも良いんスよ、そんなことよりアーリヒはどうだったとか、アーリヒとどうなったとか、そういうことを聞きたいとこッスねぇ〜〜」

それを受けて俺はどうもこうも、少しだけアーリヒの様子がおかしかっただけで、あとは普通に食事をしただけだよと心中で毒づき……そう言っても二人には信じて貰えなそうなので何も言わず、荷物を乗せたソリを引いてくれているグスタフの首をそっと撫でる。

村の周囲を見回っている男衆によると村の近くにはもう魔獣がいないらしい。

気配がしないし糞などの痕跡も残っていないし、村に何頭かいる犬達も反応を示していない。

更にはシェフィも魔獣の気配……世界を汚染しているらしい良くない力を感じないと、そう言っていて……今日の狩りは魔獣を探しての遠出をすることになった。

魔獣以外の獣を狩るという手もあったのだけど、普通の獣であれば村の皆でも狩れるし、世界を救うという目的が一応ある以上はそちらを優先する必要があるだろうと考えての決断だ。

遠出をするとなると当然それだけの食料が必要で、体を温めるための燃料も必要で、魔獣を狩った際に運ぶことも考えてソリを用意し、それをグラディスとグスタフに引いてもらっているという訳だ。

せっかく安全な村で暮らせるようになった二頭を危険な森の中に連れていくのもどうかなと思ったのだけども、当人達がやる気満々で、むしろ置いて行ったら許さないと言わんばかりの態度を見せていて……そういうことならと頼らせてもらうことになった。

「ぐぅーぐぐ、ぐぐー」

そんなグスタフからまるで喋っているような長めの声が上がる。

「お、そう言えばグスタフ達もその場に居たんスよね？　なら何があったか知ってるってことッスよねぇ～。

なんとか上手く聞き出せないもんッスかね～」

「ぐぐ～！　ぐっぐー」

するとサープが嬉しそうにそんな声を上げて、それに対しグスタフが返事をするかのような声を返し……そこからなんだか似た者同士であるらしい一人と一頭の会話のような何かが始まる。

槍を構えて足を進めながらからから笑うサープと、ソリを引きながらぐーぐー鳴くグスタフ。

そしてそんな様子を微笑ましげに眺めるグラディスが何かを言おうと口を開きかけた、その時。

ユーラとグラディス、それとシェフィが同時に何かに気付いて動きを見せる。

ユーラは槍を構えながら周囲を見回し、グラディスはその耳を立てながら足を止め、シェフィは俺の頭から降りて周囲をふわふわと飛び回り……それを受けて何かが起きているらしいことを察した俺は銃を構え、サープは槍を構え、そしてグスタフは少し怯えながら母の真似をして耳を立てる。

「なんだ？　くせぇぞ？」

そう声を上げたのはユーラで……俺はそれを受けて鼻を鳴らしてみるが、ただただ冷気が入り込んでくるだけで何も感じ取れない。

同じくサープも感じ取れないようで……だけども何かがいるらしく、グラディスとグスタフの視線が同じ方へと向いて、シェフィもそちらの方……木々が特に深く生い茂っている一帯へと視線をやる。

「……自分が見てくるッスから、皆はここで警戒しててくださいッス」

と、そう声を上げたサープが背負っていた革袋から白いマントを取り出し、自分の全身を包み込んでからフードを被る。

それからフードがずれないようにするための、首元辺りにある紐をしっかり縛り、しゃがみ込み……ゆっくりと雪を蹴り上げないように慎重に足を進め始める。

以前聞いた話によると、サープはそうやって偵察することを得意としているらしい。

白いマントで雪の中に溶け込み、出来るだけ気配を消して音を殺して、そうやって魔獣の背後、あと一歩でぶつかるなんて所まで近付いたこともあるんだとか。

経験もあり実績もあり、そのための装備や道具を揃えているサープならば安心して任せることが出来るだろうと俺とユーラは頷いて……グラディス達の緊張を解してやるために、その首や顔を撫でてやりながら周囲の警戒を続ける。

俺達がそうしていると周囲を飛び回っていたシェフィがふわりと俺の目の前にやってきて、魔獣に気付かれないようにしているのか小声で話しかけてくる。

『昨日か一昨日か、近くに大物が居たみたいなんだけど……どっか行っちゃったみたいだね。すっごい大物、時間が経ってるのにこれだけの気配を残しているようなのと戦うとなると、その銃だと威力不足ってことになっちゃうかもね』

そんなシェフィに対して俺は、シェフィにならって同じくらいの小さな声でもって言葉を返していく。

「……猟銃で威力が足りないって何事だよ、そうだとしてもこれ以上の銃を作るとなったら物凄いポイントがいるんだろ？　流石にすぐには無理だぞ、そんなの……」

『そうだね、だからこー……猟銃以外の手も考えた方が良いかもね、そんな大物に通用するようなな』

「猟銃以外の手……ねぇ。

ポイントをかけずにって考えるなら……そんなに大きいとなると罠なんて通用しないだろうし、やっぱり毒とかか？　銃弾に毒を塗り込んだら効果があったりするかな？」

『うぅん、流石ボクが見出した魂だけあって発想が凄いよねぇ。

精霊の工房も出来るだけポイントを節約しようとするし、漢方薬なんて思いついちゃうし、ここで毒なんて言い出しちゃうし。

うんうん、とても良い感じだよ、銃弾でも矢でも毒が体に入れば良いんだから効果はあるんじゃないかな？』

「ポイントが有限な以上、色々考えて試行錯誤するのは普通のことだろ？

……しかしそうか、そうなると毒が良いのかな……扱いには気をつけないといけないけど、それでも一撃入れさえすれば優位に立てる訳だし……。

魔獣にも効いて出来るだけ即効性のあるやつだと……やっぱりきつめの毒が良いのかな。

……そうするとやっぱあれかな、ヤドクガエルの毒とか？　どこかではエイの毒とかトリカブトとか使うんだっけ？

そういった毒って……工房での加工品って扱いになるのかな？　ああ、それらを混ぜた強毒って扱いなら問題ないかな？」

『……あー、うん、そうだね……。

なんだかボク、ちょっとだけ魔獣のことが可哀想になってきたよ』

「……世界を救うためには仕方ないことだろ？」

『まー、そーだけどねー』

なんて会話をしているとサープが戻ってきて……俺達の側までやってきてからフードを脱いで、小声での報告をしてくる。

「魔獣がいたッス、数は3頭、熊型のいつもので……どういう訳か一箇所に集まってて同じ餌を食べていたッス。

自分、子供の頃から魔獣に関する色んな情報を集めてるんスけど、魔獣があんな風に集まってるっていうのも、同じ餌を食べるっていうのも一度も聞いたことないッス。

ならただの偶然かと言われると……こう、会話しているというか意思疎通している仕草とかも見たんで、偶然じゃない気がするッスね。

……もしかしてッスけど連中、連携してどこかを襲おうとしてるんじゃないッスかね？」

それを受けて俺とシェフィが目を丸くして驚いていると、顎を撫でながら少しの間考え込んだユーラが言葉を返していく。

「……サープがそう感じたんなら、多分そうなんだろうな。

意思疎通に連携しての狩り……か、魔獣って連中は沼地の馬鹿共と同じように生きてるもんだとばかり思ってたが、どうやら違ぇようだな。

どのくらい賢いのかは知らねぇが……恵獣様って例があるからなぁ、同じくらい賢くてもおかしくはねぇ訳か」

「恵獣様並に賢く、連携する魔獣ッスか……そんな危ない連中、何がなんでも村に近付けたくないッスねぇ。

しかし連携してまで連中は何をしようとしてるんスかね？」

「仮にそれくらいに賢いとすると連中の狙いは……あくまでオレの勘だが仇討ちだろうな。

連続で狩られちまった仲間の仇討ちで、これ以上被害を増やさねぇためにもってなところだろう。

一体じゃぁ勝てねぇと学んでいるからの連携で……狩りの前に飯を食って体力つけてるって訳か」

「ははぁ……村の側でそんな悠長なことやってたんじゃ警戒されるってんで、こんな離れたとこで集まってるんスねぇ」

「じゃねぇとサープがすぐに居場所と狙いを暴いちまうからなぁ」

普段は色々なことを雑に済ませてしまって、足りない所もあるユーラだが、こういう時には野生の勘というかなんというか、特別勘が冴えわたるようで恐らくは合っているだろう推測をどんどん積み上げていく。

そしてサープがそれを上手いことサポートしているようで……そんな二人がそう言うのならそうなんだろうという、強い納得感がある。

「……なら精霊の工房で作った毒でもなんでも使ってここで仕留めないとだね」

そういう訳で俺がポイントを使う覚悟を決めてそう言うと、サープが首を左右に振ってからこちらに真剣な目を向けて言葉を返してくる。

「ただの魔獣が3体いるだけなら、精霊様のお力を借りることはないッスよ。

自分がさっきみたいにして近付いて背後からの奇襲で一体をなんとかするッス、その間にユーラがもう一体を足止めして……そしてヴィトーが残り一体をその銃で仕留めれば何も問題は無いッス。

一体減れば残りは2、もう一体減ればあとはいつもの狩り、そこまで難しい話じゃないッスよ」

難しくないとサープは言うが、奇襲でトドメを刺せるかは分からないし、一体を足止めするユーラが危険な目に遭うかもしれないし……そんな危険をおかすくらいなら毒を使った方がと思ってしまうが、サープの意見に賛成らしいユーラまでが俺に声をかけてくる。

「精霊様のお力……ポイントだっけか？　それは子供を病気から守れる力なんだろう？

ならそっちに使え、ただの魔獣なんかに無駄遣いする必要はねぇよ。

オレ達でもどうにもならねぇやべぇ相手になら毒も良いだろうが、あれはなんとでもなる相手だ

「……お前の力は皆を救えるすげぇもんなんだから、大事にしろよ、マジで」

そう言ってユーラは槍の手入れを始め……サープも白いマントに汚れやゴミがついていないかの確認をし、そうしながら予備のものなのか、もう一枚のマントを取り出し、こちらに手渡してくる。

「ヴィトーもこれを被っておくと良いッス、隠れて撃つ、撃った後にまた隠れる。咄嗟に雪を蹴り上げるとか、雪にジュウで攻撃するとか、そうしながらこの布を被れば一瞬か数秒、身を隠すことが出来るかもしれないッス。その間に立て直すなり、距離を取るなりしたらまたジュウを撃てば良いッスよ」

そんなサープの言葉に俺が頷くと、サープは満足そうな笑みを浮かべてから準備を再開させて……そして俺はサープを真似して白いマントを羽織る。

それから銃を構えてみて……流石に銃を構えると全身を覆うというのは難しいが、撃ち終えてから銃を下ろせばなんとかはなりそうだ。

それからフードを被り紐を縛ろうとしていると、シェフィがフードの中に入ってきて頭の上に乗って、それからフードを摑んで内側からしっかりと固定してくれる。

紐を縛ってシェフィに摑んでもらって……うん、これならズレたりすることはなさそうだ。

「オレ様はいらねぇぞ、お前らを守るために敵を引き付けねぇとだからな」

そんな俺達を見てユーラがそんなことを言ってきて、手にした大槍をぐいと高く掲げて見せる。

目立つ格好で敵の前に立って正面から殴り合う、そんな戦い方を好んでいるユーラの言葉に俺達は何も言わずに、ユーラなら大丈夫だろうとただ頷く。

するとユーラはニカッと笑ってぐっと腕に力を込めて……相当な厚着をしているというのに、それでも分かってしまう程に腕の筋肉を膨らませる。

そうやって準備を整えた俺達は作戦を改めて練り上げ、打ち合わせをしグラディスとグスタフには安全な場所へと避難してもらって……それからそれぞれの武器を掲げて声を上げずに心を合わせるというか意志を統一するというか、やってやるぞと気合を入れてのポーズを取る。

本当は気合を込めた大声でも上げたいところだけど、それで敵に気付かれてもしょうがないので、あえての無言でポーズだけはしっかり格好をつけて……そうしてお互いの目を見合い頷き合ったなら、それぞれの速度でそれぞれの目指す場所へと移動を開始して……妙に興奮するというか、変に弾む胸に冷静になれと言い聞かせ、これから始まる狩りに備えるのだった。

魔獣の下へと向かいながら――――サープ

白いマントで全身を包み雪の中に紛れ、息を殺して歩き……そうしてサープは魔獣達の下へと少しずつ少しずつゆっくりと足を進めていく。

一番槍はサープと決まった。気配を殺しての不意打ちで一体を確実に仕留める……それが出来るのはサープだけだからだ。

生物とは思えない生命力を持つ魔獣を一撃で倒せるかは微妙なところだったが、それでも心臓を一突きに出来さえすれば……と、不安に思う気持ちを押し殺し、マントの中に隠した槍をしっかりと握る。

(……前世の記憶を取り戻したヴィトーは、変わっているようで変わってないんスよねぇ、お人好しで皆のために動けて、何故だか度胸だけは誰よりもあって……記憶がどうあれ魂のあり方は変わらないってことなんスかねぇ)

なんてことを考えながらヴィトーの顔を思い浮かべたサープは、かつての記憶に思いを馳せる。

まだまだ幼い子供の頃、サープは自分のことをひ弱だと思い込み、ひどい劣等感を抱えていた。

あの怪力のユーラが同い年というのもあったが、他の子供達と比べてもひ弱で……荷運びなんかの仕事で息を切らせてしまう有様で……そのことがどうしようもなく辛かったのだ。

このままでは立派な大人の男になれない、狩りに出ることが出来ない、そう考えて思い悩む日々を過ごしていたが……そんなサープを救ってくれたのがヴィトーの言葉だった。

『サープは頭が良いから、頭を使った狩りをしたら良いんだよ、力任せの狩りはユーラ達に任せてさ』

それまでサープはヴィトーのことをよく知らなかった。あまり会話した記憶もない相手だった。そんな相手にそんなことを言われて、自分の頭が良いなんて思ったこともなかったサープが驚いているとヴィトーは言葉を続けてきた。

『そうやって悩むのも頭が良いからだよ、サープは頭が良いから色々考えすぎちゃうんだよ』

それを受けてサープは年下の子供にそんなことを言われても、なんてことを思ったが、だけどもその言葉には妙な説得力というか力が込められていて……その言葉を信じても良いように思えて、それからすぐにサープは狩りの名人と名高いある老人のコタへと駆けていった。

そして頭が良いと狩りに有利なのか？　と尋ねて、「そうだ」と肯定されたならすぐに頭を下げて教えを乞い……それからサープは村中の狩人から様々なことを学ぶことにした。

朝起きてから寝るまでの間、遊ぶのも惜しんで村中を駆け回って。

すると本当に頭の出来が良かったらしいサープは、狩人達の言葉全てを記憶することが出来て、それを自分なりに整理し解釈することが出来て……そうやって作り上げた自分なりの狩りの理論を、村の子供達との追いかけっこなどで試していって……いざ狩りに出たなら、怪力自慢のユーラと同じくらいの成果を上げられる程の狩人となっていた。

そうなれたのは自分の努力のおかげだと思うし、惜しむこと無く知恵を与えてくれた村の大人達のおかげだと思う。だけども何よりきっかけをくれたヴィトーには感謝をしていて……今も変わらない様子を見せ続ける彼のためにと思うと、槍を持つ手に力が入る。

だけども焦りはしない、雑に動きはしない、冷静に静かに気配も息も音も殺しながら足を進めていって……そうして魔獣独特の臭さが嗅ぎ取れるくらいの距離まで近付いた時にサープはあることに気付く。

(一箇所にいたはずなのに匂いが少しだけバラけてる……？　村を襲うために動き始めた……にしては距離が近いッスね……？　自分達に気付いて、戦いやすいように間合いを取っている……とかッスかね？　……それともなんとなく野生の勘で危険を感じて動き始めたってとこッスかねぇ？　なんにせよバラけてくれたなら奇襲がしやすくてありがたいッスねぇ)

そんなことを考えながらサープは目を見開き、耳をそばだて、鼻まで大きく開いてゆっくりと呼吸をして……肌にまで意識を向けて全身でもってありとあらゆる情報を手に入れようとする。

魔獣はまだ視界に入ってこない、だが雪を踏む音は確かにしていて臭さもだんだんと近付いていている、肌がピリピリとした何かを感じてこわばって鳥肌となって……その感覚を信じてサープはゆっくりと、木の陰などに身を隠しながら移動をしていく。

見えてから動き始めたのでは遅い、こちらが見えるということはつまりあちらからも見えるということだからだ。

だから事前に動いて相手の背後へと回り込んで……こちらだけが相手を視認出来るという状況をどうにか作り出そうとする。

言葉に出来ない感覚と経験と、溜め込んだ知識を総動員して……そしてそれらを扱う自分のことを信じてやって。

不安に思ったら負けだ、迷ったら負けだ、相手の姿が見えなくとも心の目で見るくらいでないと魔獣狩りは出来ないんだ。

そう自分に言い聞かせながらサープが足を進めていると……視界の先に広がって陣取っている三体の魔獣の姿を発見し、そのうちの一体の背中を捉えることに成功する。

上手くいった、背後を取れた、魔獣達は周囲を警戒しているようだが、こちらに振り向くような様子は一切ない。

そうやって手に入れた大チャンスに逸りそうになるサープだったが、すぐにそんな自分を心の中で強く叱責して、静かに歯噛みして……それから周囲をよく観察する。

獲物を狩る瞬間、攻撃をしようとする瞬間はどうしても無防備になってしまうものだ。

だからこそ周囲の観察が大事で、奇襲しようとしている自分が奇襲される可能性を消しておくことは絶対に必要なことで……またも目、鼻、耳、肌で情報を集めたサープは、この様子なら大丈夫だとの確信を得た上で、獲物の背後へと近付いていく。

マントの中で槍を持ち、両手でしっかり構えて……穂先だけをマントから出して、しっかりと心臓を狙いすまして。

この魔獣は何度か狩ったことがあるし、解体を手伝ったこともある。位置の把握は完璧だ、背後からの奇襲ならば外すことはない。

骨の位置も完璧に覚えている、解体中どこからどう刺すべきかと何度も何度も考えてきた。

これならば絶対にトドメを刺せるだろうと、そう確信を得たサープは……魔獣の背後、確実に心臓を貫けるという位置まで近付いてから、今まで殺していた全てを解放し、全力での突きを魔獣に向けて放つのだった。

その時を待ちながら――――ユーラ

腕を組み足を大きく開き、どんと構えながら体を震わせることで温め、全身から湯気を上げて。

　これから難しい狩りをするという時、大事な狩りをするという時、決まってユーラはそうやって狩りに対する想いを整えていた。

　ユーラは生まれた時から体が大きかった、他の子供よりも特別に食欲旺盛だった。だけども母親や姉達は嫌な顔をせず腹いっぱいになるまで食べさせてくれた。

　皆を守れるように、魔獣を狩れるように、その大きな体は精霊様が与えてくれて恵獣様が育ててくれたものだから、相応しい使い方が出来る大人になるようにと願いながら母と姉達は自分に食料を譲ってくれていて……それでいて恩着せがましいことを言うことは一度もなかった。

　ユーラにもそう出来るのかというと恐らくは出来ないだろう、そこまで我慢強くもなければ賢くもなく……いつでも食欲に負けてしまっているのがユーラだからだ。

　だからこそユーラは母と姉達を尊敬する。

　母達を尊敬すればする程、自分にしか出来ないことをやらなければと勇気が湧いてくるし……その笑顔のためなら魔獣を前にしても恐怖に負けることはないし……母達が得意としている料理のおかげで、いつでも満腹となっている腹の奥底からは、鉄板さえ捻じ曲げられそうな力が湧いてくる。

　その上、今ユーラは精霊様の愛し子であるヴィトーを守るという立場にある。

　ヴィトーという村の仲間を守れるというだけでも誇らしいのに、その上あの精霊様の子供ときた。

　正直なところユーラは精霊がどういった存在なのか、どんな力を持っているのか、どうして皆に信仰されているのか……その辺りのことをよく分かっていなかったのだが、母と姉達が信仰しているからという理由だけで信仰していて……その子供を守るのはユーラにとって当然のことだった。

そんな想いだけでなく狩りをしたら思う存分肉が食べられるということと、狩りそれ自体がユーラにとってとても楽しいことであることと……村の女性達によく思われるかもしれないということも関係してかユーラはいつにないやる気に満ちていた。

（そろそろサープが相手の背中を取るか？　それから一撃入れて……この匂いは恐らく一撃じゃあ死なねぇだろうな。

だけどもサープならそこからの追撃で倒せるだろう、そんくらいの相手だ、他の二体だって問題ねぇ、オレ様とヴィトーなら余裕で勝てる……はずだ）

胸中でそう呟いたユーラは自分の後方、少し離れたところで武器の手入れをしているヴィトーのことをチラリと見やる。

ユーラ自身にもどうしてそうなるのかは分からないし説明もできないのだが、ユーラの鼻の『勘』はよく当たる。

他の誰も嗅ぎ取れないような……犬でさえ気付けないようなほんの僅かの匂いを、何かをふとした瞬間に嗅ぎ取ることが出来、直後こうに違いないという考えが頭の中を駆け巡り……それがよく当たる。

魔獣が現れた時、魔獣が奇襲なんかを仕掛けようとしている時、誰かが死んだ時、誰かに良いことがあった時、嵐が来る時……大好物の煮込み料理を母親が作ってくれている時。

ユーラが嗅ぎ取りたいと思ったことを嗅ぎ取れる訳ではないし、理屈が説明出来ないものだから誰かに信じてくれと言うことも出来ないと不便な部分もあるのだが……それでもこの勘が外れたことは一度もなく、ユーラは心底から頼りにしていた。

（……まぁ、じいちゃんが死んだ時にはなんにも嗅ぎ取れなかったし、沼地の連中と揉めた時にもその悪意に気付けなかったし……役に立たねぇ時は立たねぇんだがなぁ……。

それでも今日のは間違いねぇ、良い狩りになるってそんな匂いがするからな。

……それにしてもヴィトーから毎日のように漂ってくるあの匂い……最初は精霊様の匂いかと思ったが、精霊様と別行動している時でもヴィトーから漂ってくるんだよな。

こいつと組んでいれば間違いねぇって匂い、オレ様がやばい時に助けてくれるって匂い……なんだか知らねぇが、頼りになる大人の匂いもしてきて、安心して背中を任せられるんだよなぁ。

まるで頼りになる年上の狩人みたいな……ああ、そういやヴィトーは一度死んでるんだったか？　ってことは……もしかしてすげぇ年上なのか？）

そう考えてユーラは首を傾げて……しかし肉体は若い訳だし、村の皆だって年下として扱っている訳だし……たとえば40歳で死んで赤ん坊に生まれ変わったとして、それを赤ん坊扱いせずに世話もしてやらないというのは間違っているだろうと、そんなことを考える。

（ってことはー……ヴィトーは年下で、年下扱いで良いってことだよな？　うん、間違いねぇ間違いねぇ、勘もそう言ってやがる）

更にそんなことを胸中で呟いたユーラはヴィトーに向けて年上の自分が守ってやるから安心しておけと、そんな笑みを送り……それから両腕の筋肉を分厚い冬服の上からでも分かる程に盛り上げて雪に突き立てておいた槍を摑み上げ、そろそろサープがおっ始めるはずだといつもの勘からの確信を得て構え……それからどこかにいるはずの魔獣を隠すように生え揃う木々へと視線をやる。

この辺りの木々はこんな風には生えず、間隔を広く取って風通しよく生えるものだが……そのことをユーラが疑問に思うのは一瞬のことで、それも狩りを前にした興奮にかき消されてしまう。

そうしてユーラは槍を構えながら大きく一歩を踏み出し、雪を蹴散らしながら踏みしめ……前方から魔獣の怒号のような悲鳴が聞こえてきたのを受けて、一気に駆け出すのだった。

ユーラの後ろで銃を構えながら――――ヴィトー

どんと構えていたユーラが突然一歩を踏み出したかと思ったら、直後魔獣の悲鳴が響いてくる。

……どうやらサープが魔獣に一撃を入れたらしい。

ユーラはそれを野生の勘のようなもので感じ取っていたようで、直後ユーラが駆け出し、俺はシェフィがしっかりと頭に乗っていることを確認してから、それを追うように駆け出す。

銃をしっかり両手で持って、誤射などしないように気をつけながら駆けて……妙に木々が生え揃っている一帯を駆け抜けていく。

植生がおかしいというかなんというか……この一帯全体になんとも言えない違和感を覚えるが、今そのことを気にしても仕方がないので目の前に広がる光景と銃だけに意識を向けて駆け続ける。

『良くない影響が出てるなぁ、魔獣が多いのかなぁ』

なんて声をシェフィが上げてきて、更に気になってしまうが我慢をして駆け続けて……雪の中を何十メートル走ったのか、それなりに息が切れ始めた頃に少しだけ開けた一帯へと到着する。

すると槍で背後から貫かれて悶え苦しんでいる熊型魔獣の姿があり……そこに悲鳴を聞いて駆けつけてきている二体の魔獣と、槍を手放し魔獣から距離を取って構えるサープの姿が視界に入る。

そんなサープの手には小さなナイフが握られており……そんな状況を見てユーラは、

「オラァァァァァァァ！　かかってこいやぁぁぁぁ!!」

と、声というか怒号を張り上げながら一体の魔獣へと突っ込んでいき、まさかのまさか槍を突き立てるのではなく全力での体当たりをかまし、魔獣を押し倒すことで俺のための射線を開けてくれる。

銃は危険なものだから人の居る場所に向けて撃つことは出来ない。

そのことをすっかりと理解しているらしいユーラは、自分の安全よりも俺のための場作りを優先してくれたようで、それを活かさない訳にはいかないと銃を構えた俺は、熱くなっている頭の熱と、力がこもってしまっている両腕から余計な力を抜くために小さなため息を吐き出し……それからしっかり狙いをつけて引き金を引く。

左の魔獣はサープが相対してくれている、右の魔獣はユーラが押し倒してくれている、だから中央の魔獣を狙い撃ち……まず魔獣の胸に命中し、続けて放った一発が、銃身が跳ね上がっていたのか魔獣の額に命中する。

命中した弾は皮膚を貫き肉を裂き血を吹き上げるが、どちらも致命傷にはならなかったようで……根本的に普通の生物とは違う体の作りをしているらしい魔獣はふらつきながらも立ち直り、こちらへと向かってずんずんと歩き、距離を詰めてくる。

「ユーラ！　サープ！　こっちは大丈夫だから！」

そう声を張り上げながら銃を折り、薬莢の回収と弾薬の再装填を行っていく。

俺の下に魔獣が迫っているとなって、ユーラもサープも自分の目の前に魔獣がいるというのに俺のことを気にしていて……ありがたさよりも申し訳なさが勝って上げた声は正解だったようで、二人共目の前の魔獣へと意識を向けてくれる。

「ッシャァ!!」

そう声を上げたのはサープだった。右手で構えたナイフを鋭く振りながら魔獣の体に突き刺さったままの槍へと左手を伸ばそうとしている。

「だぁぁありゃぁぁぁぁぁ!!」

続いてそんな怒声を上げたユーラは槍を掴んだ手でもって馬乗りになった魔獣を殴り、殴ってから自分が槍を持っていたことを思い出したようで、両手でもって槍を構え始める。

「ふ、二人共何やってんの!?」

思わず悲鳴を上げてしまう、本当に二人共何をやっているのか!

だけども二人共狩りの経験も実力も俺よりも上で、素人同然の武器だけが優れている俺があれこれ言うのも間違っている気がするので自分の狩りに集中して再装填を終える。

瞬間、凄まじい脚力で真ん中の魔獣がこちらへと跳び込んでくる。

駆けるとかではなく跳躍して、見上げてしまう程の高さから落下しながらの攻撃をしかけてきて、俺は大慌てで飛び退き……それを読んでいたらしい魔獣は飛び退いた所へ鋭く長い爪での横薙ぎを放ってくる。

凄まじい風切り音を唸らせ、速く力強く鋭く恐ろしく、全身の血の気が一気に引くそれをどうにかしゃがんで避けるが、それもまた読まれていたようで、間髪を容れずに魔獣の両腕がこちらに振り下ろされる。

それを見て俺の頭の中では、走馬灯に近い現象が発生し、あれやこれやと今までの人生で見てきた光景が思い出され……同時に魔獣の動きがスローになっているような、時間が引き伸ばされているような、そんな感覚に襲われて、瞬間避けなければという想いと避けているばかりじゃあやられるだけだという想いが同時に膨らんで爆発して、しゃがんでいる状態からカエルのように情けない格好で後ろに飛び退き、同時に大した狙いもつけずに銃の引き金を引く。

するとしっかりと受け止めきれなかった反動で体全体が雪が積もる地面に強かに叩きつけられ……怪我の功名というか、そのおかげで振り下ろしを回避することに成功し、同時に魔獣の肩に一撃を入れることに成功する。

そうなったらもう起き上がる間さえ惜しいと考え大した狙いもつけず、本能任せで引き金を引いて二発目を発射して……顔面に直撃を受けた魔獣が大きくよろめく。

これだけ銃弾を当てているのに、なんだってこの魔獣は生きているのか、死なないのか……その答えは魔獣だから、なのだろう。

シェフィ曰く魔獣には特別な力……魔力と呼ばれる力があるらしい。

それはたとえば自分の身体能力を強化したり、呼吸が止まっても心臓が止まっても問題ないように体や脳が動くためのエネルギーになったり、火を吐き出せたり空を飛べたりするものらしく……つまり魔獣は魔力がある限り死ぬことがない。

脳を完全に破壊したとしても、魔力によって脳の代わりに指令を出して体を動かすなんてことも出来るそうで……魔獣にとって体は器でしかなく、魔力の方が本体、なんて仮説もあるらしい。

つまりはまぁ、目の前のこいつにもまだ魔力が残っていて、その魔力が尽きるまで攻撃する必要があって……そして手元の銃は弾切れ、という状況で。

スローになっていた世界でそんな思考を巡らせてから冷静になったというか、正気に戻ったというか、スロー現象が解除されたことで全身からよく分からない汗が吹き出した俺は、大慌てで痛む背中に歯噛みしながら起き上がり、駆けて距離を取りながらの銃弾装填を試みる。

だけども走っていると中々薬莢が掴めない、恐怖とか色々な感情で手が震えて掴めたとしてもすぐ離してしまう。

『落ち着いて落ち着いて、相手も無傷じゃないんだから、あとちょっとだよ』

すると頭の上のシェフィが冷静に、静かに……淡々とした様子でそう言ってくれて、不思議と手の震えが止まり、薬莢が掴めて……抜き出し、ポケットの弾薬を手に取り、装填までの作業がなんともスムーズに成功する。

そうしたなら折った銃を元に戻して構えながら振り返り……魔力が残ってはいるものの、ダメージはダメージなのだろう、ふらつきながら追いかけてくる魔獣の姿が視界に入り込む。

そうなると先程まで恐ろしい存在だったはずの魔獣が途端に哀れに思えて、これ以上苦しめる必要もないだろうと、静かに狙いをつけて引き金を引く。

一発撃って、すぐにもう一発……最初の一発で十分だったかもしれないが、まだ魔獣は二体いるのだから確実にトドメを刺しておこうと考えての二連射を受けて魔獣は、一切の生命感をなくし銅像が倒れるかのようにバタンと後ろへと倒れ伏す。

「はぁぁぁぁ――――……」

その姿を見てようやく終わったんだと安堵してのため息を吐き出すが……倒れ伏した魔獣の向こうではまだユーラとサープが魔獣とやり合っている。

その援護をするため、二人にこんな思いをさせないために駆け出そうとする……が、こちらの決着を受けてか二人の動きが変化し、一気呵成といった様子で魔獣のことを攻め立てる。

……どうやら二人共俺の危なっかしい狩りが気になって気になって、自分の狩りに集中出来ていなかったらしい。

それが決着したことで目の前の相手に集中出来るようになったようで……そうしてそれぞれ魔獣を圧倒していく。

サープの手には血まみれの槍の姿がある、どうやら戦闘をしながら槍を引き抜いたらしい。

動き回る相手と向かい合いながら手を伸ばし、相手の胸を貫いている槍を引き抜く。

……よくもまぁ、そんなことが出来たもんだと驚くが、いつでも冷静で器用なサープらしいとも言えて、そんなサープは血まみれの槍で的確な狙いをつけての連撃を放っている。

目、鼻、手首に大穴が空いた心臓の周囲。

とにかく相手が怯むだろう場所ばかりを攻めて、何度も何度も相手の魔力が尽きるまで休む気はないらしい連撃を繰り返して。

魔獣はそれを防ごうとするので精一杯、一切攻勢に出ることが出来ず、ただただサープの槍を受け続けている。

そしてユーラは何がどうしてそうなったのか、穂先を失った槍の柄でもって相手の頭を叩いていたようで……その攻撃の速度と威力が集中力を得たことで段々と増していく。

剣道の面打ち練習というかなんというか、脳震盪でも起こしているのかふらついている魔獣の脳天を何度も何度も何度も、愚直に叩き続ける。

だが槍の柄は木材だ、そこまでの強度がある訳でもなく、叩けば叩くほどに破片が散って大きく割れて叩けば叩く程ボロボロになっていって……そしてついに砕け散ってユーラの手の中から無くなってしまう。

すると相対する魔獣がそれを待っていたとばかりに前進し、鋭く両手の爪を順番にまるで槍であるかのように突き出してきて……体をひねってその連続攻撃を回避したユーラは魔獣の両腕を脇の下に抱え込み、がっしりと押さえた上でまさかの連続頭突き攻撃を魔獣に繰り出し始める。

相手の両腕を封じた上で相手の魔力が尽きるまで何度も何度も……魔獣を倒したサープも弾薬の再装填を終えた俺も、そんな光景には思わず啞然としてしまって、援護らしい援護をすることが出来なかった。

そうしてユーラは頭突きを繰り返し、相手が脱力しても、魔力を失ったと思われる様子を見せても繰り返し続け……ふとした瞬間に我に返り、一言。

「頭がいてぇ」

と、そう言って摑んでいた魔獣の両腕を離す。

するとその魔獣は、攻撃される度に血しぶきを上げていたのだろう、赤黒く染まり上がった雪の中へと沈んでいき……最後にプシュッと原形を留めていない頭から血を噴き上げる。

それを受けて俺とサープは呆れ顔になりながらユーラの下へと駆け寄って……皮膚が裂け血が流れ出ているユーラの額を治療するために、腰に下げた革袋に入れておいた薬草やら包帯やらを取り出すのだった。

第六章　それからとこれから

サープが持っていた火酒……蒸留酒で血まみれとなったユーラの頭を洗って消毒し、薬草をナイフの柄ですりおろしてから額に塗りたくり、それから包帯でぐるぐる巻きにして……そうしているうちにユーラの額から流れ出ていた血は綺麗に止まっていた。

「このくらいの怪我で大げさなんだよなぁ」

なんてことをユーラは言っているが、額が裂けて大量出血して、明らかに縫わなきゃいけないような怪我を『このくらい』で済まされてはたまったものじゃない！

……と、そんなことを言ってやりたくなるが、狩りで一番情けない様子を見せてしまった俺が、一番勇敢に戦ったユーラにあれこれ言うのは間違っているように思えてぐっと言葉を飲み込み、静かに道具を片付け……片付け終えた瞬間、俺の視界にそれが入り込み、俺は声を上げることも出来ず硬直する。

それは今しがた倒したばかりの熊型魔獣によく似ていた。

熊型魔獣の体を二倍以上に大きくして、ドス黒い体毛をまるで波のようにうねらせ、両腕を筋肉の塊かのように膨張させて、口を必要以上に裂けさせたら完成するような姿をしていて……一言で言うなら悍ましかった。

なんだあの腕、薬とかで不自然な筋肉をつけてもああはならないぞ、そもそもなんだって体毛一本一本に意志があるかのようにうねっているんだ、うねる必要は何なんだ、どういう理由であんなことをしているんだ。

いくつもの疑問が一瞬のうちに頭を駆け抜け、疑問が抜けていったかと思ったら今度は恐怖が溢れ出し、ユーラもサープも同じような状況なのか何も言えず何も出来ず、硬直したままになってしまっている。

そもそもユーラとサープが居るのになんでこいつに気付けなかったんだ、なんでこんな近くに来るまで気配を感じなかったんだ、シェフィだって何も言っていなかったし……一体こいつは何者なんだ。

見た目だけでなく雰囲気というか身にまとっているオーラのような何かも、ただただ怖く悍ましく、あまりの恐怖で声も出ないし息も出来ないし……銃を構えることなんて夢のまた夢だ。

『ヴィトー！　工房に願って！　緊急時にはボクの仲間も手伝ってくれるから！』

そんな風に恐怖の中でグルグルと思考の渦に飲まれてしまっていた俺を正気に戻したのはシェフ

ィのその一言だった。瞬間冷静になることが出来て、

「シェ、シェフィ！　ヤドクガエルの毒つき弾薬を二つ!!」

との声を張り上げることに成功する。

声は震えているが喋ることが出来た、立ち上がって銃を折ることも出来た、そんな俺の動きを受けてユーラとサープも両足を震わせながら立ち上がり……そして俺の頭の上から降りてきたシェフィが、

『これはサービスだよ！』

と、そう言いながらいつの間にか工房で作り出したらしい……もしかしたら精霊の世界にいるというシェフィの仲間が作ってくれたものかもしれない、いかにも毒の弾薬ですってな紫色に染まったそれを銃に込めてくれる。

そう言えばヤドクガエルの毒は触れるだけでも危ないんだったか？　手袋をしているとは言え染み込んでくる可能性もありそうだし、シェフィのサービスには深く感謝しなきゃいけないな……！

銃も後で綺麗に拭くというか、ポイントを使ってでも掃除する必要があるなと、そんな無駄な事を考えながら中折状態の銃をもとに戻し、目の前の魔獣に向けて構えて……そして躊躇せずに、そんなものが効くものかと余裕の表情を見せているそれに即発砲する。

間髪を容れずの二連射、どちらも魔獣の腹にぶち当たり、しっかりと蠢く毛皮を貫通出来たよう

で血が吹き出し……だけども魔獣は蚊に刺された程度としか思っていないのか、余裕の表情のまま大きく口を開けてのあくびを披露してくる。

「おぉぉぉぉぉぉ!!」

「あああぁぁぁぁぁぁ!!」

直後ユーラとサープが雄叫びを上げる。魔獣の態度に怒ったとかではなく、そうやって声を上げることでどうにかこうにか自分を奮い立たせているようだ。

そしてサープは手にしていた槍を投げつけ、ユーラはナイフを引き抜いて構え……槍をさっと手で払った魔獣は、まるで人間のように……映画の悪役が主人公にトドメを刺そうとする時のように嫌な笑みを浮かべながらこちらにゆっくりと近付いてくる。

どうやらヤドクガエルの毒は効かなかったようだ、殺せないにしても少しくらいは苦しめてくれると思ったのだが……どうする、次の毒を試すべきか、いや、そんなことをする前に何発も何発も撃ち込むべきでは?

ああ、でも今ポケットには何発の弾薬が残っていたっけ? 俺はさっき何発使ったんだっけ?

あれこれ考えて考えて混乱して……ユーラとサープがこちらを見て何か意を決したような表情をして、小声で俺に逃げろと、そんなことを言ってきてから魔獣の方へと突撃しようとして……ふざけんなよと、そんな声を上げて二人を止めようとした時、魔獣の横っ腹に突然現れた角がぶち当たる。

「グラディス!?」

それはグラディスの角だった、グスタフとソリと一緒に避難していたはずのグラディスが、何故か単独でここへとやってきて魔獣への突撃をかましたようで……ダメージはないものの不意打ちを決められたことに怒ったらしい魔獣が、グラディスに向けて腕を振り上げ振り下ろし、グラディスはその四本脚で地面を蹴り飛ぶ見事なステップで左右に動いてそれを回避してみせる。

『グガァァァァ！』

攻撃されたことが腹立たしいのか、攻撃が外れたことが悔しいのか、魔獣がそんな声を上げ……その爪が雪とその下にある地面を深々とえぐり取る。

そして土混じりの雪が周囲に舞い飛び、それを見た瞬間、頭の中にある考えが浮かんでくる。

「ボツリヌス……！」

土やハチミツ……黒糖の中にまでいるらしいボツリヌス菌、それが作り出す毒は確か自然毒最強の毒とまで呼ばれる猛毒だったはず、それであればきっとダメージになるはず。

その毒は度々事故を引き起こしていて……赤ん坊がハチミツや黒糖を食べて大惨事、なんてこともあったらしい。

赤ん坊だけでなく大人でも食中毒事故が起きる場合があるとかで……そんなことを思い出しなが

ら銃を折ると、シェフィが薬莢を回収してくれると同時に、これまたいつの間にか持っていた、より色濃くなった紫色の弾薬……俺の言葉を受けて作ったボツリヌス毒を塗ってあるらしい弾薬を装塡してくれる。

それを見て俺は頷くことで感謝の意を示し、銃を戻して狙いをつけて……と、そんな手順を間に合ってくれと願いながら進めていると、サープが酒に入っていた瓶を魔獣に投げつけて奇声を上げ始め、ユーラは近くに転がっていた死体の方へと跳躍して魔獣の仲間の死体を両足で踏みつけ、それから何度も何度も跳ねて魔獣の死体を踏みにじるというか愚弄するというか、とにかくそうすることで巨大魔獣の気を引こうとしてくれる。

『ガァァァァア！　ガァァァァァァァァァ!!』

そしてそれはどうやら上手くいってくれたようだ、グラディスよりもユーラが許せないと咆哮を上げた魔獣が驚く程の速さで駆け出して……それに狙いをつけた俺はとにかく当たってくれさえしたらそれで良いと引き金を引く。

狙いは頭、高い位置にある巨大な魔獣の頭を狙えば射線にグラディスや二人が入る可能性は低くなるはずと、そんな考えで二連射をし……運良く命中、血が吹き上がる。

……ボツリヌスの毒は効いてくれるのだろうか、そもそもこんな方法で撃ち込んだとして毒がちゃんと効くものなのだろうか？

経口摂取しなきゃ駄目とか血管注射しなきゃ駄目とかあるんだろうか……？　ああでも確か、ボトックスとか言って美容用に皮膚とかに入れただけでも毒が強すぎて被害が出たなんて話があったはず……？

なんてことを考えて、考えながら次の一手、何か他の毒を撃ち込むべきかと考えて、考えているうちに魔獣が俺達の目の前までやってきてしまう。

弾丸が命中しようが血が吹き上がろうがお構いなし、まっすぐに駆けて大きく腕を振り上げて、そしてまずユーラを叩き潰そうとして……そして突然バランスを崩してズドンと雪の中に転げる。

ヤドクガエルの毒が今更効いたのか、それともボツリヌス菌の毒が効いたのか……とにかく魔獣はひどくふらつき酔っ払ったような有様となっていて……それを見た瞬間、考えるよりも早く俺の口から大声が上がる。

「シェフィ！　武器を！」

どんな武器を何のために、具体的なことを何も言っていないそんな言葉でも、シェフィは俺の言わんとしていることを理解してくれて、すぐに工房で作るのではなく、白いモヤの中から二つの武器を引っ張り出してくれる。

独特の模様が刻まれた木の柄に鋭い穂先の、ユーラとサープの体格に合った大きさのものを2本、白いモヤから取り出してくれて……そしてこれもサービスだと言わんばかりにユーラとサープの手元まで飛ばしてくれる。

それを二人は無言で摑み取り、摑み取るなり構えて大きく息を吸って……そうしてふらつく魔獣へと突き立てる。

突き立てて突き立てて、グラディスもそれに参加して角を突き立てて……その間に、普通の弾を作ってもらい装塡してもらい、しっかりと構えて……そんな俺に気付いたのか、ユーラとサープとグラディスが魔獣から距離を取る。

それを受けて即二連射、皆の攻撃を受けて両腕を地面に突き伏している魔獣へ弾丸を叩き込む。

「やったか!?」

そう声を上げたのはユーラ、サープは無言のまま顔中にしたたる汗を拭っていて……俺はシェフィに弾を更に作ってくれと声をかけ……グラディスは俺の側へと駆け寄ってくる。

魔獣は倒れたままピクリともしない、呼吸もしていないように見える、倒しきれたように思える。

突然現れて暴れ始めて、何がなんだか分からないままだったが、とにかく倒せて良かったと安堵のため息を吐き出した……その時、魔獣の両腕が地面を叩き、雪を舞い上がらせ、舞い上がる雪の中凄まじい勢いで魔獣が立ち上がって、そうかと思えば駆け出して両腕を振り回しての攻撃を繰り出してくる。

まずユーラを狙い、突然のことに驚きながらもユーラは手にしていた槍でどうにか魔獣の攻撃を受けることで防ぎ……その衝撃で後方へと吹き飛ばされてしまう。

次にサープが狙われ、サープはユーラが無理だったのだからと受けることを諦め、槍も何もかも捨てて全力ダッシュでの逃走をし……それを受けてか魔獣は狙いを変えて俺達の方へと向かって駆け出してくる。

それは凄まじい速度と圧力で……恐怖からなのか生存本能からなのか、周囲の時間の流れが驚く程にスローになる中、俺とシェフィは行動を開始する。

俺は銃を折りながらシェフィを見て弾をくれと視線で訴え、シェフィはすぐにそれを察し装填作業をしてくれて……装填が終わった銃を折れた状態から元に戻し構えていると俺の隣でグラディスが前足を折って極端な前かがみ姿勢となる。

なんで今そんなことを!?　逃げてくれよ!?　危ないだろう!?

そう声を上げそうになった俺はすぐにグラディスの意図に気付いて、グラディスの背中にまたがって体重を預ける。

するとグラディスは立ち上がって駆け出して……俺が背中にいるとは思えないパワーで雪の中を駆け進み、魔獣から距離を取る。

激しい振動だ、股間が猛烈に痛い、振り落とされそうで銃をしっかり持ちながらグラディスの角というか顔というか頭にしがみついていると、ある程度距離を取った所でグラディスが動きを止めてくれて……頭をブルブルと震わせ俺のことを振り払いながら視線をこちらに向けてきて、さっさと攻撃しろ、あれを撃てと、目の輝きでもって伝えてくる。

それを受けて俺は駆ける魔獣へと銃を構えて……外しても大丈夫、その時はグラディスがすぐに逃げてくれるさと、そんな事を考えて心を落ち着かせながら……そっと静かに、力まずに引き金を引く。

音と衝撃があって、ボロボロとなったなんで生きているかも分からない魔獣の顔から血が吹き出し……よろけた魔獣が横にゆっくりと倒れていって……地面に倒れたかと思った瞬間、地面に飲み込まれるかのように地面の中へと沈んでいく。

同時に響く何かが割れる音と水音、どうやら魔獣は氷が張った水の上に……湖か何かに向かって倒れてしまったようだ。

地面ではなく水の中へ……サウナで体を温めていなければまず耐えられない冷水の中へと沈んでいき……毒と負傷と冷水とで確実に死んだだろうと確信した俺は安堵のため息を……深く深く吐き出すのだった。

「はぁ〜〜〜……なんだよあれ、魔獣の親玉、とか？」

戦いが終わり、そんなことを言いながらグラディスの背中から降りていると、グラディスがよくやったと言わんばかりの目を向けてきて鼻をグイグイと頬に押し付けてくる。

「助けてくれてありがとう」

そんなグラディスを労るため、背中や首を丁寧に撫で回しながらそう声をかけると、グラディスは嬉しそうに目を細める。

しばらくそうしていると俺の頭に張り付いていたらしいシェフィもそれに参加し……そこにユーラとサープが疲労困憊ってな様子のふらふらとした足取りでやってきて、それぞれに声を返してくる。

「親玉で、魔獣共に指示を出していて、それであそこに三体固まってたってところか？見た目も動きも尋常じゃねぇし、よくもまぁあんな化け物倒せたよなぁ」

「……もう、もう二度とあんなの相手にするのは勘弁ッスよ」

そう言って二人は近くの木に背中を預けてぐったりとし……そこにソリを引くグスタフがやってきて、二人は助かったとばかりにソリへと駆け寄ってソリの中に倒れ込んで、そのまま死んだかのように体を休め始める。

雪の上で寝ても良いが、体温で雪が溶けて濡れると厄介で……ソリの中の方が安心して休めるようだ。

「ところでよ、ヴィトーの使ったあの弾、ありゃあ毒なのか？　なんかそんな声上げてたよな？」

「あんな化け物に普通の毒が効くとは思えねぇッスけど、どんな毒使ったんスか!?」

体を休めて余裕が出たのか二人がそんな声を上げてきて、俺は頷き言葉を返す。

「あー……撃ち込んだ毒は二種類、ヤドクガエルっていうカエルの毒と、ボツリヌス菌っていうやつの毒で……精霊の工房で作ったものだから、塩みたいに精製して純度が上がったもの、と考えて良いのかな、多分。

精製して毒だけにしているからかなりの毒性になっているはずで……人間とか普通の熊だったら普通にというか、一瞬で死んでいただろうね。

ヤドクガエルっていうのは矢の毒のカエルって意味で、その名の通り矢に塗って狩りに使っていたもので、ボツリヌス菌の毒の方は自然界の毒としては最強として名高いものなんだけど……あんな風に撃ち込んで本当に効果があったのかは、正直分からないかな。

とにかく必死だったし、思いついたものをそのまま撃ち込んだって感じで……扱いに気をつけないといけない程の危険な毒だから、積極的に使いたくはないかな……っと、そうだ、銃の掃除をしとかないと」

なんてことを言っていると、グラディスの首に張り付いて撫で回していたシェフィが、『掃除と整備してあげるから、工房に預けると良いよ』と、そう言ってくれる。

それを受けて俺が銃を差し出すと、シェフィはあのモヤを出し、銃をモヤの中へと持っていく。

それからモヤの中からガチャゴトと音が聞こえてきて……モヤの向こうは一体どうなっているんだろうなぁとそんな疑問が浮かんでくるが、モヤの中を見通すことが出来ず……疑問を振り払うために三人同時に頭を振って……話を仕切り直そうとユーラが声を上げる。

「撃ち込んだのが危険な毒ってのはよく分かった。

その上で冷水ん中に落ちたとなりゃあまず死んでるだろう、死体は回収できねぇが……まぁー……倒せただけ幸運だと思わねぇとな。

あんな化け物、普通にやりあったんじゃぁ村の総力を挙げたって倒せねぇぞ」

それを受けてサープは顎を撫でながら考え込み……それから声を上げる。

「いやほんと、倒せて幸運だったッスけど……あんな化け物と出会ってしまった以上、同じような魔獣がもう一頭いるかもしれない、あれよりやばい魔獣がいるかもしれないっていう可能性にも目を向けないとッスね。

普通にやり合うのはまず無理だから……罠とか、村に近付けないようにするとか、そういうことをする必要があるかもッス、たとえばこんな感じに――――」

と、そう言ってサープは倒れ伏した状態のまま、雪を指で撫でて絵図を描き始める。

どんな絵図を描いているのかと近付いて確認してみると、この辺りの地図のようなものに、様々な罠の絵を描き込んでいて……サープなりの警戒網を描こうとしているらしい。

警戒網を敷いた上でトドメを刺す為の罠群も作って、そこに追い込むなり誘導なりするという構想らしい。

「鳴子なんかの罠を仕掛けて定期的に巡回をして、可能な限りの警戒をしながら、武器を増やすなり倒す算段を整えて……まぁ、村の皆の意見と協力があればなんとかなるはずッスよ」

結論自体は村に帰って皆に相談してからになるだろうけど……悪くない考えだと思うし、皆も賛成してくれることだろう。

あんな化け物がいるなんてことを知らせて不安にさせたくはないけども、それでもあれは俺達だけでどうにか出来る相手ではなさそうだ。

皆がどういう反応を見せてくるのか不安に思いつつも、他に選択肢は無いだろうとなって俺達は、シェフィの整備が終わるのを待ってから、疲れ切った体をどうにか起こして……これ以上魔獣と遭遇したりしないよう、最大限の警戒をしながら村へと帰還するのだった。

とんでもない化け物魔獣と出くわし、なんとか討伐出来たが死体は回収出来なかった。

そんな俺達の報告を受けてのアーリヒや村の皆の反応は……意外というかなんというか、とても前向きなものとなっていた。

そもそもシャミ・ノーマ族は魔族と戦うため……世界を汚染から守るために今日まで戦い続けてきた一族であり、そういった化け物とやり合う覚悟はとうに出来ている、とのことだ。

魔獣との戦いが嫌ならば他の地域に移動するということも出来る。実際にそうやって移住していく人達もいるそうで……そうせずにこの地に残り続け、俺達よりもうんと長く戦い続けてきた大人達にとって魔獣狩りは日常でいつもの光景で、彼らは俺達が思っていたよりも誇り高き狩人であり、戦士であるということのようだ。

むしろ大人達は、

「そんな化け物を倒すとはやるじゃねぇか、おい！」

「毒矢って手もあるとは驚いたな！　ここらにはそこまでの毒はないからなぁ」

「事前にそんなとんでもない存在を知れたっていうのは大きい！　早速その巨体向きの罠を作ってやろうじゃねぇか、なぁ！」

と、そんな反応を示していて、俺達に負けていられないと武器作りに罠作り、どうやって倒すかという作戦会議などを行っていくそうで……不安に思うこともなく怯えることもなく、むしろ村はいつになく活気づくことになった。

「まるで祭りの前みたいだなぁ……」

明けて翌日、よく晴れた青空の下の広場で、シェフィを頭に乗せながらそんなことを言うと、シェフィがふわりと降りてきて言葉を返してくる。

『実際お祭りみたいなものでしょ、化け物魔獣を倒せばたくさんのお肉とポイントが手に入って、このあたりの浄化もうんと進むんだから良いことだらけだよ』

「いやまぁ、確かに追加であれみたいな化け物を倒せればそうなんだろうけどさぁ、そんな簡単に行く話じゃないと思うんだけど……。

……いや、逆に難しい方が挑み甲斐があるって感じなのかな？

……うぅん、これが生粋の狩人の村ってことなんだろうなぁ」

『それだけじゃなくてほら、大人達が怖がってたら子供達まで怯えちゃうし……！　大人達があぁやって笑いながら大丈夫だって言ってくれていればこそ、子供達も笑顔で今日を過ごせるんだよ』

「ああ、そうか……そういう面もあったたか。

……まぁ、うん、当分はそこらにいる普通の魔獣を狩りながらあぁいう化け物に備えることが目標になる感じかな。

こっちでは受験も就職もないからなぁ……こういう目標があるっていうのは大事だよね」

『もー、ヴィトーったらもっともっと大事な目標を忘れてる！　確かにこっちには試験とかはないけど、それよりも大変な結婚っていうのがあるんだからね！

こっちでの結婚は向こうより大変なこともあるんだからー……今から色々考えて準備しておかないと駄目だよ!!』

「いや……まだ15歳だろ？　今はこの生活に慣れることを優先したいし、結婚とかは後々でも……」

『ダメダメダメ～、未だに結婚話をまとめていないユーラとサープがおかしいんであって、15となったらそろそろ考える頃合いだよ～。

ユーラはモテなさ過ぎて、サープはモテ過ぎてまだなだけでー、ヴィトーもそろそろ準備しておかないと～』

なんだろうこの、父親にウザ絡みされている感は……。

まぁ、実際シェフィは今の俺の親みたいなもので、親として心配してくれているのかもしれないけども……。

……なんてことを考えていると、背後に妙な気配がある。

獣ではないしグラディス達でもない、人間なんだけども妙な気配がするというか、殺気のようなものを感じるというか……熱量のようなものを感じるというか。

一体何ごとだとバッと勢いよく背後へと振り返ると、そこには何故か柔らかな微笑みを浮かべたアーリヒがいて……俺が振り返ったことを受けてかアーリヒはにっこりとした笑みをこちらに向けてくる。

「ヴィトー、疲れは残ってないようですね……顔色も良いようで何よりです」

笑みを浮かべたアーリヒが、何故だか目を鋭くしながらそんな言葉をかけてきて……俺は首を傾げながら言葉を返す。

「ええ、はい……疲れた分だけぐっすり眠れて、特に問題はないです」

「そうですか……本当は今日も朝食を用意してあげたかったのですけど、昨日のことで忙しくて……明日以降はきっとなんとかなりますよ」

何故だかその声は弾んでいて、笑みに力がこもっていて、一体何を言わんとしているのだろうと傾げていた首をさらに大きく傾げていると、アーリヒはため息を吐き出し、笑みをすっと収めてから言葉を続けてくる。

「……ところでユーラとサープはどうしたんですか？」

それを受けて俺は、傾げていた首を戻し昨日化け物と出会った方向を見やりながら言葉を返す。

「ユーラは例の化け物の死体が浮かんできていないかの確認と、化け物と出会った南東部と村の中間辺りに鳴子とかの罠を仕掛けに行っています。

サープは狩りを教えてくれた先生と一緒に、化け物と戦った一帯の調査をしに行っていて……特に問題が無いようならユーラと合流して、倒したままになっているはずのいつもの熊型魔獣の死体を回収してくるそうです」

「……二人とも疲れているでしょうに、もう動いているのですか……。

それでヴィトーは何をしていたんですか？」

「ユーラには力が足りないから、サープには気配を殺せないから村で大人しくしていろって言われちゃいまして……。

二人の足を引っ張りたくもないですし、ここで今後のこととかポイントの使い道とかについてを考えていました」

『それと結婚のこともね！』

割り込む形でシェフィがそう声を上げてきて、俺は余計なことを言ってくれるなと顔をしかめ……シェフィの言葉を無視する形で言葉を続ける。

「昨日魔獣を狩ってそれから大物と出会って、大物との戦いの中でかなりのポイントを使いましたが、それでも魔獣達を狩ったことによる獲得ポイントの方が大きいそうで、結構なポイントが残っているんですよ。

……その残っているポイントを上手く使うことでどうにか化け物級の魔獣を倒せる手段を作り出せないかなーと、そんなことを考えていたんですが……中々難しいですね」

俺がそう言葉を続ける中アーリヒは、どこか驚いた様子でシェフィを凝視していて……俺の言葉が終わると、ハッと我に返り、それから少し慌てた様子で言葉を返してくる。

「そ、そうですか……精霊の工房の使い道を考えていたのですか……。

……そ、そう言えばカンポウヤクを使わせてもらったミリイですが、カンポウヤクがよく効いているのか順調に回復していて、効きが良すぎたのか本人は外で遊びたいと、そんなことを言っているみたいです。

薬を飲ませる前は具合が悪そうだったのですが、まさかここまで効いてくれるとは……あの様子なら明日か明後日には元気に外を駆け回っていることでしょう」

「ああ、それは良かったです……症状が良くなっても原因が体内に残っていることもあって、変に体力を消耗してしまうとぶり返すこともあるので、数日は無理矢理にでも休ませてあげてください。あとで追加の漢方薬も渡しておきますので、もしぶり返しの兆候が出たら飲ませてあげてください」

「え、えぇ、分かりました……。

あー……その、えぇっと……ですね、ヴィトーは昨夜サウナに入らなかったそうですね？

……なら、その、サウナはどうですか？」

それはなんだか突然の言葉だった。子供の病気の話から何故いきなりサウナの話に？　と、首を傾げたくなるくらいに突然だった。

確かに昨夜は沸かしたお湯でタオルを濡らし、それでもって汚れを落としただけでサウナに入ってはいない。疲労困憊すぎて村に帰って報告するのが精一杯だったし、そこまで疲れている状態でサウナに入るのは危険だったからで……汚れを落としたら服を着替えてそのまま寝床でぐっすりだった。

マナーというか慣習というか、穢れを落とすという意味で狩りの後のサウナは欠かしてはいけないものであり、確かにサウナには入っておいたほうが良いかもしれないなぁ。

今日は忙しくなるだろうと思ってグラディス達は恵獣の世話をしている一家に預けてあるし……ゆっくりサウナに入ってみるのも良いかもしれない。

サウナで瞑想をしているうちに何か良いアイデアが思い浮かぶかもしれないしなぁ。

「そうですね、サウナでさっぱりするとしますよ。まだ昼にもなってないですけど、サウナの火入れって言うか、準備は……終わってそうですね」

俺がそう返すと、目の前にふわりと降りてきたシェフィが、何故だか目を細め始める。

細めて鋭くさせて、それから輝かせてニヤついて、一体全体どういうつもりなのか小躍りまで披露し始める。

「え、えぇ、もちろん！　準備は万全です！　あとはヴィトー次第ですから！

そういうことなら……準備が出来たら、そのままサウナに入っちゃってください」

そんなシェフィに反応することなくアーリヒはそう言って、何故かアーリヒまでが目を輝かせて……なんとも彼女らしくないはしゃいだ様子で自分のコタへと駆けていく。

なんだって俺がサウナに入るという話でアーリヒがはしゃぐのかは分からないが……まぁ、まだ狩りに不慣れな俺を労ってのことなんだろう。

同じくよく分からない理由でニヤついているシェフィに関しては……うん、下手に触ると面倒なことになりそうなので放っておくことにしよう。

なんてことを考えながら自分のコタに戻り、しっかり水分補給をした上で着替えなどを用意し……ついでにちょっとした思いつきで、シェフィに頼んで工房でレモンフレーバーの水を作ってもらう。

これをサウナ石にかけてのロウリュをしたらさぞ良い香りがするはずで……どういう訳だかシェフィもノリノリで作ってくれて、

『ヴィトーにしては気が利いてるね！　良い香りになるよう調整しとくよ！　今回はポイントも大サービス！　10ポイントで良いよ！』

なんてよく分からないテンションでのコメントまで頂いてしまった。

そんなこんなで着替えとタオルとレモン水入りの小瓶を抱えてサウナに向かい……しっかりと体

を洗って綺麗にしていく。

『ヴィトー、ボクは今日は入らないから！　ドラーと雑談でもしながらここでのんびりして待ってるから！　ゆっくり楽しんでおいで！』

すると珍しいことにシェフィがそんなことを言ってきて、俺はまさかシェフィが……サウナ大好きの精霊様がそんなことを言うなんて、と驚きながら首を大きく傾げる。

なんだかさっきからシェフィの様子がおかしいというか、何か企んでいるというか……今までに見たことのないような表情をしていて妙に気になってしまう。

「……シェフィ、今日はどうしたんだ？　なんか様子が変だぞ？」

そんなシェフィの様子にとうとう黙っていられなくなった俺がそう言うと、シェフィは小さなその手で、小さな口を隠し……クスクスと笑いながら『秘密』とだけ言ってくる。

それ以降何も言わず、何を聞いても答えず……よく分からないままだが、無理強いも出来ないし仕方ないかとため息を吐き出し……気持ちを切り替えてサウナを楽しもうと小瓶を片手にサウナ室へと向かう。

たまには一人サウナも良いもんだと、そんなことを考えながら体を洗い、それからサウナ室に入ると、まさかのまさかアーリヒがサウナ室の中で待っていて……一糸纏わぬ姿でこちらを見ているアーリヒの視線を受けて俺は、しばらくそのまま入り口で硬直してしまうのだった。

知識としては知っている、村のサウナは混浴であるということを。

基本的にはタオルも持ち込まず、何かを着たりもせず、男女ともに全裸で入って、普通に談笑をしたりするということを。

確か前の世界の北欧の方だかもそんな感じで……そういう文化だと理解はしているのだけど、いざそれを目の前にするとどうしても反応に困ってしまう。

「……あ、あの、座りませんか？」

硬直しながらあれこれと考えていた俺にアーリヒがそう言ってきて……俺は化け物と出会った時よりも混乱しながら、ドアを閉じ足を進め……アーリヒに促されるままアーリヒの隣の席に腰を下ろす。

前世と合わせると五十路過ぎ、今更女性の裸でドギマギしたりはしないものと思っていたのだが……いざ目の前にするとどうしようもない、二人っきりというのがどうしようもない、せめてシェフィが居てくれたら気が紛れるのに、今日に限ってシェフィはサウナに入らないと言う……いや、あいつ最初からこうなると知っていたな？　気付いていたな？

だからあえてサウナに入らず、俺達を二人きりにしたんだな、あのふんわり毛玉め……。

いやしかし、今更裸くらいで動揺するとは、中学生じゃあるまいし……。

冷静にさえなれば大丈夫、問題ないはずだとそう考えて深呼吸をして……それからこちらに視線を向け続けているアーリヒの方へと視線をやる。

うん、無理だ。アーリヒはスタイルが良すぎる、身長は高いし鍛えているからかスラっとしているし出ているところは出ているし。本当にモデル並……というか、モデル以上なんじゃないだろうか。

毎日サウナに入っているからか肌もツヤツヤで、シミ一つなくて……肌だけでも目を奪われてしまうというのにまさかの全裸で。

普段はすっと下ろしている髪をしっかりと編み上げているのも印象的で……なんというか、足の先から頭の先までじっくりと見ていたくなってしまう。

流石にしないけど、この距離でそんなことしたらあっさりと相手にバレてしまうので我慢するけども、それでもそんな欲求が湧いて出てくる程にアーリヒは魅力的だった。

普段は隙のない分厚い服を着込んでいるというのも、俺の下心に拍車をかけているのだろう。

いやいや、駄目だ駄目だ、ここはサウナで混浴が当たり前の公共の場で……我慢をしなければ、堪えなければ、常に紳士でいなければ。

そんなことを考えてどうにか心を落ち着かせていると、それを待っていたかのようにアーリヒが声をかけてくる。

「ヴィトー……その小瓶はなんですか？」

その声はなんというか、いつものアーリヒの声ではなかった、緩んでいるというか柔らかくなっているというか……なんだってそう、追い打ちをかけてくるのか。

「ああ、これはロウリュ用の……えぇっと、早速使ってみますね」

なんてことを言って立ち上がり、ヒーターの側へと移動し、瓶の蓋を引き抜いたらサウナストーンにそれをかけ……ジュワァァアっと音がして湯気が上がって、爽やかで柔らかで、今すぐにレモンを食べたくなってしまうような、たまらない香りがサウナの中に立ち込める。

「レモンと言う果物の香りのする水です。

……こうしてロウリュするのに良いかなって精霊の工房で作ってもらったんですよ」

なんてことを言いながら振り返って席に戻ろうとすると、目を細めて香りを堪能していたアーリヒが、なんとも言えない熱視線をこちらに送ってくる。

なんですか、その視線は、どんな意図のものなんですか。

そんな言葉を投げかけたくなるが……勇気が出ず、なんとも情けない有様で席に戻り、腰を下ろすと、アーリヒが先程よりも柔らかい声をかけてくる。

「わざわざ精霊の工房を使ってまで用意してくれたんですね……ヴィトーの気遣い、とても嬉しいです」

あ、そういうことになるのか、完全に思いつきで……気分転換のために作ったものだけど、そうなっちゃうのか。

昨日あんなことがあったたし、たまには自分のためだけに精霊の工房を使ってみるのも良いかな、なんてことを考えてのことだったんだけど……アーリヒのためってことになっちゃうのか。

「……いえ、楽しんでいただけたならそれで……」

そんな言葉を返すので精一杯だった。とても嬉しそうにしているアーリヒにまさかあなたのためじゃなく自分のためです、なんてことは言えず、小さな罪悪感を覚えてしまう。

そうして俯く俺のことをどう思ったのか、微笑みながらアーリヒは弾む声をかけてくる。

「ヴィトーには本当に感謝しているんですよ、カンポウヤクのこともそうですが、黒糖や塩、狩りのことだってとてもとても、これ以上なく感謝しているんですよ？

特にあなた達が出会ったという化け物……魔獣の王で魔王とでも呼びますか。

魔王を退治できたのもあなたのおかげで……あなたと精霊様の助力がなければどれだけの被害が出ていたことか。

多くの狩人を失い、村を維持できなくなって、この地を去ることになっていたかもしれません。

私も村を崩壊させた長として責任をとることになっていたでしょうし……今こうして村が在り続

けられるのは、精霊様とヴィトーのおかげなんですよ。

感謝していますし尊敬もしていますし……魂を取り戻してからのヴィトーはとても格好良いとも思います。

力にあふれて輝いていて……魅力的で、賢く様々な方法で私達を助けてくれるところも、とても素敵だと思います」

その言葉を受けて俺は、これは真剣にしっかりと返さなければいけない話だなと覚悟を決めて、真っ直ぐにアーリヒを見やりながら言葉を返す。

「いえ……俺もこの村と皆に感謝していますし、アーリヒにも感謝していますし……今まで世話になったお礼をしたようなものと思っていますから、そこまで気にしないでください。

村が今も在るのは俺達がどうこうよりもアーリヒのおかげ、アーリヒが頑張ってきた結果だと思いますし……そんなアーリヒの力になりたいと思って頑張っているところもありますし……同じ村で暮らす者としてお互い様、なんだと思います」

「……そう……ですか。

ところでヴィトー、あなたは私にだけ丁寧な言葉遣いになりますよね？　ユーラ達にはそうではないのに……少し距離を感じますね」

そう言ってアーリヒは不満そうに頬を膨らませる。

言葉遣いというか言葉選びというか、前世で言うところの敬語のような喋り方をしているって意味なら、俺よりも誰よりもアーリヒがそうなのだけど……まぁ、アーリヒは誰にでもそういう言葉遣いだから問題ないということなのだろう。

俺はと言うとアーリヒや家長達など、明確に立場が上の人だけに丁寧な喋り方をするようにしていて……どうやらそれがご不満であるようだ。

「分かったよ、アーリヒ、これからは出来るだけいつもの言葉遣いで話すようにするよ」

本人が良いと言うのなら無理をして丁寧に喋る必要もない、そういう訳で俺がそう言うとアーリヒはなんとも満足そうににっこりと微笑み……それから何か思案するような顔をし、何か言いにくいことでもあるのか言葉を口にしようとして飲み込んでを何度か繰り返し……それから意を決したように話しかけてくる。

「ヴィトーは知っていますか？　出産はサウナでするんですよ」

え？　うん？　いやまぁ、知っているけど……知っているけど何故今その話題？

「う、うん、知っているけど……というか、今までに何度か、掃除とか薪集めを手伝ったこともあるけど……？」

誰かが産気付いた場合、まずサウナを綺麗に掃除し、それからこれでもかと熱して、かなりの高温にする。

そうやって穢れを払ったらゆっくりと温度を下げていって、体温程度……妊婦さんにとって寒くも暑くもない温度まで下げたら、その状態のサウナに妊婦さんと産婆さんだけが入り、出産が行われる。

科学的な知識があるとサウナ全体を高温で消毒をして出来るだけ変な菌がいないようにした上で、妊婦さんが体温を失わないようにもしていることが分かって、中々合理的なんだなと驚いたりもする話なんだけども……それが一体どうしたのだろうか？

「出産にも使われ、狩りのあとに穢れを落とすサウナは聖なる場所とされていて……出産に絡んで結婚や恋愛のための良い力を与えてくれる場だともされています。

……今の私達にもきっと、良い力が与えられているのでしょうね」

……あ、なるほど、うん、分かった分かった、アーリヒが何が言いたいのかよく分かった、さっきからずっと俺に何を伝えようとしているのか、今はっきりと分かった。

俺は今の今までサウナは混浴の場で公共の場だと考えていたけれど、同時に出産や恋愛、結婚にまつわる場でもあると、そういうことか。

恐らくは年頃の男女二人で入った場合にそうなる感じで……つまりは今ここはデートスポットみたいな場所になっているのだろう。

そりゃまぁ……年頃の男女二人で裸で向き合えば嫌でもそうなるんだろうけど、随分と過激なデートスポットもあったもんだなぁ……。

……あ、そうか、俺はそんなデートスポットにわざわざ貴重なポイントを使ってレモン水を持ってきた訳か。

デートを楽しめるように、二人の雰囲気が良いものになるように……結構なお金を使って演出した、みたいな感じな訳か。

つまりアーリヒから見ると、サウナに入った時点から俺が積極的にアピールしていたってことになる訳で……はいはい、うん、完全に理解しましたよ。

つまり俺は自分で自分を、無意識的にそう言う状況に追い込んでいた訳か。

……墓穴を掘った……と思うのはアーリヒに失礼だな。

アーリヒとそう言う関係になれるというのは悪くない……というか嬉しいし、アーリヒのことは魅力的で素敵な女性だと思うし……うん、凄く良いことだと思う。

良いことだとは思うんだけど、想定外というか想像もしていなかったというか、もっと普通のデートもしてみたかったなぁ。

……結局はあの時、アーリヒにサウナに行こうと言われてそれを承諾した時点で話は決まっていたんだろうなぁ。

それなら一緒に行こうとか、一緒に入ろうとかそう言って欲しかったものだけど、アーリヒだって緊張していたんだろうし、恥ずかしかったんだろうし……仕方のないことなのかもしれない。

きっかけは無意識のことだったかもしれないけども、ここまで状況が整ってしまったのなら一人の男として覚悟を決めるべきなのだろう。

「……サウナに良い力をもらったアーリヒとなら、愛に溢れた良い家庭を築けるんだろうね」

覚悟を決めてのセリフがこれかと自分でも思わないでもないけど、こういう時は恥ずかしがっては駄目だ、思ったままを言葉にすべきだ、躊躇すべきではないはずだ。

サウナのせいでもう顔は真っ赤だし、心臓はバクバクだし、このままじゃのぼせるんじゃないかと、そんなことを考え始めた時、アーリヒが本当に嬉しそうに微笑みながら、

「……う、うん、私は結構前からそう思っていたんですよ？」

と、一言そう言ってくれて……それから俺の手を握ってくる。

「あー……うん、今考えると確かにそんな感じだよね、色々会話するようになったし、お世話もしてもらったし……俺は……うん、アーリヒに憧れてはいたかな。

アーリヒみたいな美人は……前世を含めて初めて会ったというか、アーリヒだけだったし……」

俺がそう言うとアーリヒは俺の手を力強く握って、握った手を持ち上げて……それから手を引いてきて、何をするのかと驚いていると立ち上がって歩き出して、サウナの外に出て湖に勢いのままに飛び込んで……！

いやもうビックリした、確かにそろそろ水風呂の頃合いだったけどいきなりそんなことになるとは思っていなかった。

驚きすぎるわ、一気に冷えるわで心臓がひっくり返りそうになったけど、シェフィが遠くから守ってくれているのか特に体に異常が起きることはない。

そうしてアーリヒと手を繋いだまま、見つめ合ったままの水風呂を堪能し、それからまたもアーリヒに手を引かれる形で瞑想小屋へと向かい、まさか手を繋いだまま瞑想でもするのかと、そんなことを考えていると……精霊の工房で勝手に作ったのか、それとも前から用意していたのか、白いガウンのような服を持ったシェフィが瞑想小屋の中にプカプカと浮かんでいて、それをアーリヒに手渡しながら弾む声を投げかけてくる。

『うんうん、おめでとう、おめでとう、二人共お幸せにね！

……ただまぁ、これ以上の裸の付き合いはしっかりと婚約してからっていうか、ヴィトーには刺激が強そうだから、ガウンを着て瞑想しよっか。

……ドキドキしすぎて限界だったもんね、ヴィトーの心臓』

『おいこら！　この白精霊!!　せっかく良い雰囲気だったのに入り込むなよ!?　このオラでも加護は次回に回すかって、空気読んでたってのに!?

っていうか別に良いだろ、お互いに好きなら色々やっちまってもよぉ!!』

更にはドラーまでがそんなことを言ってきて……俺はもう何も言えなくなってしまう。

本当に言葉もない、さっきプロポーズのような言葉を口にした時よりも恥ずかしい。

普通ここでそんな暴露するか？　とか、ドラーはドラーで何を言っているんだと、そんなことを思ってしまうけども……確かにあのままだったら色々な感情が暴走してしまいそうだったし、アーリヒのことを思えば、こうやって邪魔が入ってしまった方が良かったのかもしれない。

色々不満はあるし、思うところはあるけど、この後コタに戻ったら絶対にシェフィに猛抗議するけども、今は飲み込んでおこう。

ガウンのような服は俺の分も用意してあったようで、タオルで水気を拭いてからそれを身にまとい……椅子に腰掛けゆっくりと息を吐き、ととのいの体勢に入る。

こんな精神状態でととのえるのかと疑問だったけど、問題なくというかなんというか、いつもの感覚がやってきて……ただヴィトーは現れない。

現れないというか現れる必要がないというか……どうやら俺とヴィトーの境目みたいなものが無くなりつつあるようだ。

俺の言葉はヴィトーの言葉で、ヴィトーの想いは俺の想いで……ようやく心の整理がついてきたというところだろうか。

これからはヴィトーとして、一人の人間としてこの村で新しい人生を送っていく訳で……前世とは何もかもが違う人生になりそうだけど、これはこれで悪くない……いや、かなり良いもんだと思うことが出来る。

魔王のことと言い、アーリヒとの関係のことと言い、課題は多いけれど……それでも迷いはなく、真っ直ぐに未来へ向かっていこうと思うことが出来る。

そうしてしっかりととのった俺は……いつの間にか真っ黒になったらしい俺の髪を気にして撫でてくるアーリヒと一緒に脱衣所へと向かい、シェフィ達に見張られながらの談笑をしつつ、身支度を整えるのだった。

第七章　スロー・スノー・サウナ・ライフ

俺とアーリヒが混浴したこと、そして一歩前進した関係となったことは……アーリヒが友人達に自慢して回ったことにより、あっという間に村中に知れ渡った。

村に戻ってきたユーラとサープは、

「まぁ、時間の問題だったろうしなぁ」

「朝食持ってきてくれたって時点で察するッスよねぇ～」

なんてことを言った後に祝福してくれた。

各家長も精霊の愛し子と族長という妥当な組み合わせであったことと、前世で女っ気がなかったことに同情してくれたこともあって、今生くらいは良い女性とくっつけとか、そんなことを言いながら祝福してくれた。

村の女性陣もアーリヒから相談を受けたり、アーリヒの背中を押していたりした関係で祝福してくれて……村の大体の人達が俺達のことを祝福してくれたという結果となった。

一部の若者達……アーリヒのことを狙っていた男達はとても不満そうで、俺の顔を見る度何か言いたげにしていたが……何を言う訳でもなくする訳でもなく、渋々ながらもう決まったことだからと受け入れるつもりであるらしい。

シャミ・ノーマ族の価値観において正式な男女交際というのは婚約とか結婚にほぼ等しい。

相手の気持ちを確認し、それを言葉にし、お互いに相手のことを受け入れたなら男女交際がスタートすると同時に婚約が成立すると、そんな文化となっている。

相手の気持ちを確認せず、言葉にせず、ただその時の気分で遊ぶだけという場合は正式な男女交際であるとは見なされず、サープはもっぱらこちらの男女交際を楽しんでいるようだ。

そんな正式な男女交際に対し文句を言うとか横槍を入れるというのは、正式に決まったことにケチをつけるというか、破ってはいけない約束事を横から破ろうとする行為であり、男性と女性の家それぞれに対し宣戦布告をするに等しく……アーリヒを狙っていた若者達にそこまでする勇気はなかったようだ。

……仮に彼らにその勇気があったのなら、結構前に結婚適齢期を迎えていたアーリヒととっくに、俺が記憶を取り戻す前にくっついていたのだろうなぁ……。

今回の件で一番勇気があったのは、俺をサウナに誘い、一緒にサウナに入り、気持ちを伝えてきてくれたアーリヒであり……俺は今後その勇気や気持ちに応えられるよう、頑張っていかなければならないのだろう。

とはいえアーリヒには族長の仕事があるし、俺には魔獣狩りという大事な使命があり……そのどちらもおざなりにする訳にはいかず、俺もアーリヒもそれぞれのすべきことをしながら交際をしていくことになる。

一緒に遊んだりサウナに入ったり、会話を楽しんだり……お互いのことを知りながらいつか至るゴール……結婚への準備をしていくのがシャミ・ノーマ族の交際となる。

……そう考えるとサープがやっていることは大変アレというかなんというか、問題のある行為のようにも思えるのだけど……まぁー、両者合意の上だから構わないのだろう。

とにかくそういう訳で俺達は、パートナーを得ての新たな日々を送ることになった。

……ただまぁ……魔王が沈んだ湖の確認に行っていたサープが持って帰ってきた報告によって、ただただ幸せでラブラブな日々という訳にはいかなかったのだけども……。

「サープの報告によると、魔王の姿はどこにもなく、湖から何かが這い上がって南の方へと去っていった痕跡があったとのことです。

他の三体の魔獣の死体はそのまま放置されていたそうで、今日の昼過ぎには村に到着するようです」

アーリヒとは中々会えないはず、お互いの仕事が優先されるはず、それでもお互いのことを思う気持ちがあれば大丈夫……なんてことを考えていたのだけど、混浴の翌日、朝の俺のコタにはどういう訳か当たり前のようにアーリヒの姿がある。

あの時のように朝食を作ってもってきてくれていて……一緒に朝食を摂りながら様々な話題を振ってくる。

「まぁ……それでもやることは変わりません、魔王がいつ出てきても良いように、魔王級の別の魔獣がいつ出てきても良いように対策をするだけのことです。

村の狩人達もやる気を漲らせていて……魔王殺しを成したものは未来永劫語り継がれる狩人と……勇者と呼ばれる存在になるだろうと、そんなことまで話し合っているようです。

それとミリイはすっかり良くなって元気に駆け回っていましたね……風邪を引いた子供がこんなにも早く元気になってくれるというのは中々無いことで、それがこれからも手に入る薬のおかげというのは本当にありがたくて……村の母親達もおかげで心が軽くなったと本当に喜んでいましたよ」

笑みを浮かべて楽しそうに……以前とは少し違って、緩んでいるというか油断しているというか……族長ではない一人の人間としてのアーリヒは本来、こういう顔をする女性なのかもしれないなあ。

「……ヴィトー、どうしました？　スープは美味しくなかったですか？」

あれこれと考え込んでいるのが顔に出ていたのか、アーリヒが心配そうにそんな声を投げかけてきて、俺は飲み干したスープ皿を置いてから言葉を返す。

「いや……こう、魔王のこともそうなんだけど、族長の仕事で忙しいアーリヒとは中々会えないかなと思っていたのに、結構普通に会えているから驚いたというか拍子抜けしたというか……いや、凄く嬉しいしありがたいことなんだけどね」

「ああ、そういうことですか。

それはまぁ……昼間は忙しいですけど、忙しいからって普通に生活を送れない訳ではないですし……二人の時間を作るためなら多少無理をしたとしても苦になりませんよ」

「い、いやいや……無理はしなくて良いからね、無理は。

これから長い付き合いになるんだから、無理をせず無茶をせず、自然体でいられる関係の方が良いだろうし……」

「ええ、もちろん無理をしてはいけないというのはよく分かっていますよ。

ただ……まぁ、ほら、付き合い始めたばかりですし？　嬉しくなってこういうことをしたくなって、止まらなくなるってこともあることなんですよ」

そう言ってアーリヒはにっこりと微笑み、こちらをまっすぐに見つめてくる。

それを受けて俺もアーリヒを見つめていると……俺の頭上から声が響いてくる。

『コホン！　二人の時間とか言っちゃってくれてるけどさ！　ここにはボクやグラディスとグスタフもいるんだからね!!』

それはシェフィの声で、グラディスとグスタフも、

「ぐぅーう」

「ぐー」

と続いてくる。

そんなことを言われても、俺達はこういう関係なんだしなぁ、なんてことを考えていると空中に浮かびながらアーリヒ手製のスープを飲んでいたシェフィはなんとも苦々しい顔をしはじめて……そんなシェフィを見て俺とアーリヒは同時に吹き出す。

そうして俺達が笑っているとシェフィは、なんとも不満そうに頬を膨らませる……が、俺達はシェフィが俺達のことを応援してくれていることをよく知っていたので、そんな様子さえもが面白く、更に笑ってしまって……そうして俺とアーリヒはしばらくの間、そこまで笑うことでもないだろうと思いつつも、幸せやら楽しいやらで笑い続けることになるのだった。

一方その頃、暗き森の奥深くで――――魔王

ヴィトー達が魔王と呼び始めたそれは、ヴィトー達が知らない……シェフィさえもが知らない、ある場所で毒の後遺症に苦しみ悶えていた。

暗く深く、陽の光が遮断されたその森の中には、瘴気と魔力が満ちていて、魔王の力や生命力を何倍にも押し上げてくれるはずなのだが、それでも苦しく耐えきれず、地面を転げ地面を叩き、暗き森を構成してくれている木々を叩き、暴れに暴れて……自らを守ってくれているはずの、力を与えてくれるはずの森を破壊していく。

そんなことをすれば瘴気と魔力が失われ、余計に苦しむことになると分かっているのだが、身体中が痛く熱く、苦しく……ひどい不快感と吐き気と眩暝にまで襲われてしまって、そうやって気を紛らわさなければ今にも我を失ってしまいそうだったのだ。

完全に油断をしていた。あんな玩具で自らの魔力を奪い切ることなど不可能だろうと思い込んで、避けられた攻撃を避けず、その結果がこの苦痛……。

あんな雑魚などさっさと殺していればよかった、踏み潰していればよかった、そうしておけばこ

んな苦痛に苛まれることはなかったはずなのに……。

そんなことを考えて魔王は苦しみに苦しみ……苦しむうちに激しい後悔と屈辱と悔恨が襲ってきて、肉体的な苦痛だけでなく精神的な苦痛にまで襲われ……その相乗効果が魔王のことを一段と苦しめてくる。

手勢である戦士を失い、こんな有様を晒し……このことが各所に知られてしまったら自分の名誉はどうなってしまうのか。

そもそもこんな辺境地など一ヶ月もかからないで制圧できたはずで、とっくに汚染が終わっていたはずで……一体自分は何をやっているのだろうか。

そう考えて魔王は更に苦しみに苦しみ……筆舌に尽くし難い苦痛の中で悪夢を見て、その悪夢の中であの時に見た顔を……夢の中でもう一度しっかりと目にすることになる。

ヴィトーと呼ばれていたそれはあの憎き精霊と懇意であるようだ。

そして精霊の力を使って何かよからぬことをしているようで……その結果が今の自分のこの苦痛だ。

であるならば……であればこそ、こいつは殺さなければならぬ、排除しなければならぬ。

恥をすすぐためという意味もあるが、こんな毒をばらまかれたり、戦場に持ち込まれたり……もっと何か、魔王が思いつかないような悪辣なことをされてはたまったものではない。

そうなったら被害は魔王だけにとどまらず周囲の者達にまで出てしまう可能性があり……あの御方にまで届いてしまう可能性がある。

もし仮にそんなことになってしまったら……魔王の末路がどうなるのか、考えるだに恐ろしい。

……と、そんな事を考えて魔王は激しく狂おしく、地獄でもこれほどの苦痛は無いだろうという苦痛の中で、ヴィトーと名乗るあの人間を標的と決めて、ありとあらゆる手を講じてでも排除することを決めたのだった。

数日後、自分のコタで――ヴィトー

『ヴィトー、何やってるの？　木の板にあれこれ書き込んで……お勉強？』

俺がコタに敷いた毛皮の上に座り込んで木の板に絵図や文字……懐かしき日本語を書き込んでいると、シェフィがふわふわと周囲を飛び回りながら声をかけてくる。

「……いや、生きているかもとなったらやっぱり放っておけないっていうか、魔王対策を今のうちに色々考えておこうと思ってさ。

実際に有効かはユーラやサープの意見を聞きながら練り上げて行けば良いだろうから、今はとにかく思いついたものを思いつく限り、書き起こしている段階って感じかな」

俺がそう返すとシェフィは首を傾げながら木の板を覗き込んできて……それから、

『うふふ、ヴィトーらしいや』

と、妙に弾んだ中々聞けない声を上げてくる。

「体が大きいってことはそれだけ重いってことだろうから、やっぱり落とし穴は鉄板だよな。

毒を練り込んだ巨大トラバサミっていうのも考えたけど、それなりの知恵があったら回避出来てしまうし……そんなことしなくても落とし穴に落としさえすればいくらでも勝ち筋はありそうなんだよな。

あの三体の魔獣、何かをする前に食事をして力をつけていた訳だろ？　つまり魔獣も食事が必要で……あの巨体だ、新陳代謝だけでかなりのカロリーを必要とするはずなんだよな。

だから落とし穴に落として数日閉じ込められればそれで餓死するはずだし……足とかを落下の衝撃で骨折させたらもう歩けなくなるんじゃないか？

骨が一本なくなっただけで自分の自重で自滅するっていうか、たった一本の柱を失っただけで一気に崩壊する巨大建築物っていうか……あくまで想像でしかないけど巨大だからこそあいつは弱点まみれな気がするんだよな。

そりゃあ力が強くて圧倒的リーチがあって、やばい相手なのは確かなんだけど……ただでかければそれで良いっていうならなんで恐竜は滅んだかって話になる訳だしさ――」

と、そんなことをつらつらと語っているとシェフィはふわふわと俺の周囲を浮かびながら言葉を返してくる。

『やっぱりヴィトーを選んで正解だったなぁ……魂の在り方だけじゃなくて、そういうところも含めて、ね。

なんだか相手に同情したくなっちゃうよ……まぁ、精霊であるボクが魔獣に同情する訳もないんだけどさ』

「……あんな化け物を相手にするんだから、そのくらいじゃないと困るだろ？

……次に魔王とやり合うのがいつになるかは分からないけど、それまでにしっかりと準備しておいて策を練っておいて……今度はもうちょっとマシな戦いになるようにしておかないとなぁ。

村が襲われたとか村の側までやってきたとかなったら逃げ出すって選択肢もなくなる訳だし……村を守るため、皆を守るため……アーリヒを守るために、容赦をするつもりは一切ないよ。

……あ、グラディスの突撃も中々のものだったし、グラディス達にロープを引いてもらっての足払いとかも良いかもしれないな……。

重心さえ崩せばあの巨体だ、あっという間にぶっ倒れてくれるんじゃないかなぁ」

俺がそう言うとコタの中に寝転がって体を休めていたグラディス達は、耳をピンと立ててちょこちょこと動かしての興味津々な様子で、

「ぐぅ〜〜」

「ぐー」

との声を上げてくる。

それは様子から察する限り、やってみたいとか、面白そうとか、そんなことを思っての声のようで……あの馬力のグラディス達を何頭か、10とか20とか、いっそ100とか使えば更に色々なことが出来るかもしれないし、新しい罠が作れるかもしれない。

「……そうか、何も人間達だけでやる必要はない訳か……。

恵獣の力が借りられるのなら……うん、もう一度最初から考え直しても良いかもしれないな。

精霊の工房と恵獣の組み合わせで何か出来ると良いんだけど」

俺がそう言うとシェフィはやれやれと首を左右に振ってから少し疲れたような声を上げてくる。

『守るものが……大切な人が出来てやる気になってくれてるのは良いんだけど、やり過ぎないようにね？

……まぁ、うん、その溢れかえりすぎているやる気でもってさ、アーリヒも村の皆も、グラディス達も……そのついでで良いからこの世界を守ってよ……ヴィトーならきっと出来るからさ！』

それを受けて俺がなんとも気恥ずかしい気分になりながらも頷くと……シェフィはいつにないにっこりとした笑みを浮かべて、楽しげに俺の頭上をふわふわと飛び回り始める。

あれだけやったというのに倒しきれなかった魔王、生きていた化け物……そう考えると本当に勝てるのかという不安もあるけど、だからこそやれるだけのことをやらなければという想いも湧いてくる。

新しい人生の中で新しいパートナーを得て、新しい目標を得て……魔王なんかに躓いている場合じゃあないからだ。

狩りもサウナも、グラディスとグスタフという新たな家族のことも、それとアーリヒのこともこれからが本番で……ヴィトーとして、精霊の愛し子として、出来ることやりたいこと、やるべきことはまだまだ残っている。

「正直世界のこととかはどうでも良くなっているんだけど……世界が平和じゃないとおちおちスローライフも出来ないからなぁ、皆と相談して皆の力を借りて、やれるだけのことはやらないとね。

……せっかくアーリヒと結婚することになったんだから、平和な村でゆっくりと二人だけの時間を楽しみたいし……そのために全力でというか、本気でやってやろうかなって気にはなっているよ」

なんてことを独り言気分で言っていると、まずアーリヒが、それからユーラとサープがコタの入り口から顔を出してきて……三人が来るなんて珍しい、また何かトラブルでもあったのかな？　と、そんな事を考えた俺は……手にしていた木の板を毛皮の上にそっとおいて、グラディス達と一緒に立ち上がり……アーリヒ達の下へと足を向けるのだった。

二人の時間

ある日の朝食後、恵獣であるグラディスとグスタフに食事を摂らせるためにシェフィを頭に乗せて出かけると、それを待ち構えていたのか、珍しいズボン姿のアーリヒが餌場の前で待っていた。

普段アーリヒは族長として村を守り、管理する必要があるからと、大きなイベントでもなければ村を離れることはない。

村を離れることがないから、機能性よりもデザインを重視したスカートとかを着ることが多く……ズボンを穿いているのを見るのは何年振りのことだろうか。

「今日は私も手伝いますよ！」

頬を染めながら力強くそう言ったアーリヒは、こちらへと駆けてきて……他の村人や恵獣がいる一帯から少し離れた場所へと、俺達を案内してくれる。

そこは木も岩もない平地で、雪の下には豊富な苔が生えていて、普段は多くの恵獣で溢れているこの辺りで一番良いとされる餌場だった。

恐らくアーリヒは、この場所を俺達の……俺とアーリヒのために朝早くから確保してくれていたのだろう。

村の中で俺達が二人きりになれるのはサウナの中くらいだ、かといってアーリヒは村の外に出ることが出来ない。

コタの中もグラディス達がいるし……小声でも聞き取れてしまうような近距離にユーラとサープのコタがあるしで、俺達が二人きりの時間を持つことはとても難しい。

だけどもこの餌場なら……村から近く、村の一部とも言えるここならギリギリ外出が許される範囲であり……視線が通る平地だからこそ、グラディス達から距離を取ったとしても問題はなく……いざ何かあった時にはすぐに対応することが出来るだろう。

そういう訳で俺達は、二人の時間を確保するため手早くグラディス達の世話をしていく。

二人の時間は惜しいが、だからと言って恵獣の世話で手を抜く訳にはいかない。

しっかりブラッシングをし、歯や角の状態を確かめ、蹄の状態を確かめ……グラディス達に何も問題はないかと声をかけ、問題がないようなら昼寝をしたいのか、ウトウトとしているシェフィをその背に預けた上で、食事を始めてもらう。

食事が始まったなら終わるまで、大体一時間程待つことになるので、その時間少しだけ……視線が届く程度の距離を取り、二人だけの時間と空間を作り出す。

俺が持ってきた背負鞄には休憩用にと持ってきた毛皮のマットがある。

それを雪の上に敷いたらそこに二人で並んで座り……するとアーリヒが、

「毎日ご苦労さまです、ヴィトーは本当によく働いていますね」

なんてことを言って俺の頭を撫でてくる。

……外見的にはまだまだ15歳、年上の……確か20代だったアーリヒからするとそうしたくなる年齢なのかもしれないが、前世を合わせるとこっちの方が年上なんだけどなぁ。

と、そんなことを考えているとアーリヒもそのことに気付いたようで、少し照れたような様子を見せる……が、俺を撫でる手を止めることはなく動かし続ける。

子供扱いされていると言ったら良いのか、アーリヒらしいと言ったら良いのか……。

……恐らくは後者なのだろうなぁ。

族長として村の皆のことを守るべき子供のようなものと考えているようだし、族長云々関係なくても元々そういった性格でもあるようだし、これがアーリヒなりのコミュニケーションなのかもしれない。

そうやってしばらくの間俺を撫でていたアーリヒは……満足したのか手をどけて、他愛のない話題を振ってくる。

今日の朝食や天気や、サウナについて……などなど。

そんな会話をしているうちに自然とお互いの肩が触れ合い……肩を寄せ合いながら更に言葉を紡いでいく。

そうやってどれくらいの時間話していたか……それなりの時間が過ぎた辺りで、視線の先で食事をしていたグラディスが食事を続けながらこちらをじぃっと見つめてくる。

力を込めた瞳で俺だけをじぃっと……。

その瞳と表情はなんとなく、もっと積極的に行けと、何かアプローチしろと言っているかのようで……それを受けて俺はどうしろと言うのだと困惑してしまう。

すぐ側に人がいないとは言え、視線が通る位置にはいる訳で……そんな状況で一体何をしろと言うのか……。

まだまだ付き合い始めたばかりで、アーリヒがどんな関係を望んでいるのかも分からないのに、変なことをしたら嫌われないまでも、嫌な思いをさせてしまうだろうしなぁ……。

と、そんなことを視線で訴え返すがそれでもグラディスは、男ならば動いてみせろと表情を変えず……仕方なしに俺は、アーリヒの手をそっと握ることにする。

正座に近い形で畳まれた膝の上のアーリヒの手をそっと握ると、アーリヒは目を白黒させながら慌てているというか、戸惑った様子を見せてくる。

さっきはこちらの頭を好き勝手に撫でていたのに、手を握られるのは駄目なのか……？　なんてことを考えているとアーリヒは、軽い深呼吸をしてから小さく震える声をかけてくる。

「……ヴィ、ヴィトー、私からも手を握ってもいいですか？」

「……？　そりゃもちろん構わないけど」

どちらから手を握るかなんてことがそんなに重要なことなのか？　と訝しがりながら言葉を返すと……緊張していると言うかパニくっているらしいアーリヒは、何故だか俺の手を両手で包み込み、ぐいっと引っ張って抱き寄せる。

ふいにそんなことをされてしまったものだからアーリヒの方に倒れ込んでしまい……どうにか体勢を戻そうとするもアーリヒが手を離してくれないものだから戻すことが出来ず、結果不格好な膝枕のような形になってしまう。

だけどもアーリヒは自分のせいでそうなっているとは気付いていないようで、俺が望んでそういった体勢になったと思っているようで、またも目を白黒させてから、意を決したような表情をし……それから膝枕状態の俺の頭をまたも撫でてくる。

先程と同じ頭を撫でられるというシチュエーションではあるのだけど、膝枕をされながらだと全く別物になってしまうというか……嬉しいやら気恥ずかしいやら温かいやら、前世を含めて初めての経験はなんとも言葉に出来ないものだった。

そしてそんな俺のことを満足げに眺めるグラディス……。まぁ、今の状況はグラディスのおかげでもあるので、文句は言うまい。

それから俺達は言葉もなく、そのままの状態で時間を過ごすことになる。

不格好な膝枕のまま、頭を撫でられ続け……そうやって30分か、それ以上の時間を過ごした所で、何者かの気配を感じる。

場所は背後、数は二つ、こちらをじっと見つめているようで……小声まで聞こえてくる。

そこまでいくと気配と言うか、誰かがいるとの確信であり……俺が気付いているのだから当然アーリヒも気付いていて、俺の頭を撫でる手が止まる。

……さて、どうしたものか、その二つの気配に声をかけるべきか……。

そうやって俺が悩んでいるとアーリヒは、手袋をしてから近くの雪をかき集め、雪玉を作り始める。

それなりに大きめのを二つ作ったなら、それを真上へと放り投げる。

……いや、正確に言うと真上ではなく、弧を描くようにしてやや後ろへと投げたらしい。

「うぉっ!?」

「うはっ!?」

直後聞こえてきたのはユーラとサープの声だった……どうやら二人は覗きをしていたらしい。

いや、彼らは俺の護衛でもあるのだから、仕事をしていた……のかな？

……いやいや、ここは村の一部で護衛の必要はなく、今までも餌やりの際には来ていなかったのだからやっぱり覗きかな。

「ユーラ！　サープ！　覗きとは男らしくないですよ！」

そしてそんな言葉で一喝するアーリヒ。

「い、いやだって、その、二人が何するのか気になるっつうか参考にしたいっつうか……す、すんません!!」

「だ、大丈夫ッス！　誰にも言わないッス！　二人がなんか変な感じで逢引してたなんて……！」

そして不用意な言葉を返すユーラとサープ。

するとアーリヒが物凄い勢いで二人の方へと振り返り……それを受けて二人は脱兎のごとく駆け出し、どこかへと逃げていく。

……まぁ、うん、あとで怒られるくらいで済むだろうから、二人には素直に受け入れてもらうとしよう。

しかし振り返ることなく気配だけで雪玉を当ててみせるとは……。

「アーリヒは凄いね、狩りに出たらかなりの活躍をしそうだなぁ」

俺がそう声を上げるとアーリヒは、照れて頬を染め、言葉を返すのではなく頭を撫で回すことで応えてくる。

俺は素直にそれを受け入れて……そうして再びの二人の時間を過ごす。

そうやって10分か20分か……そのくらいの時間を過ごすと、グラディスの背中で昼寝をしていたシェフィが目を覚ます。

目をこすりながら起き上がり、大あくびをしてから周囲を見て、それからこちらへと視線を向けてくる。

……そうしてシェフィは精霊らしからぬ、ニンマリとした笑みを浮かべて……それを受けて俺とアーリヒは二人の時間が終わったことを悟り、立ち上がって毛皮を片付けてから、グラディス達の下へと足を向けるのだった。

あとがき

はじめまして、またはお久しぶりです、作者の風楼です。

皆様の応援のおかげで、こうして新作を刊行することが出来ました、ありがとうございます！

編集部の皆様、イラストレーターのＬａｒｄさん、この本に関わってくださった皆様のおかげでもあり、本当にありがとうございます!!


と、いう訳で新作な訳ですが、私が手掛けている他作品を知っている方には、また遊牧民かと思われるかもしれません。

ただ遊牧民といっても千差万別……その地域ごとに独特の文化、家畜を持っていて、その多種多様さには驚かされる程です。

あちらの遊牧民もこちらの遊牧民も大好きな文化で……極北極寒のこの世界を描いてみたいとい

う想いを抑えられなかった結果、という訳です。

そしてサウナ……健康に良いとも悪いとも言われる温冷交代浴で、こちらも個人的に大好きなものですから、物語に取り入れてみました。

熱くて苦しくて、時間が圧縮されたような感覚になって……それを耐えて耐えて、水風呂に入って外気浴をして……ととのって。

言ってしまうとそれだけの行為ではあるのですが、それがまた気持ちよくて心地よくて……そして食欲ややる気が満ちてきて、活力に繋がって、なんともたまらないものなのです。

正しく入らなければ危険だったり、ととのえなかったりでややこしい行為ではあるのですが、それでもブームになったりするだけの魅力がある訳で……そんなサウナの一端を楽しんでいただけたなら幸いです。

もしこの物語を読んでサウナに興味を持っていただけましたら……良い入り方、悪い入り方、色々ありますので、お手元の端末などで調べた上で楽しんでいただければ幸いです。

熱くないサウナ……ミストサウナとかも楽しめますし、水風呂ではなく水シャワーでも楽しめますし、自分の体調などに合った上で楽しみ……ととのっていただけたらと思うばかりです。

そんな感じで遊牧民＋サウナとなったこの物語、主人公のヴィトー君の活躍はこれからが本番だったりします。

狩猟をしととのって強くなり……そのうち本格的な騎乗戦闘なんかもするようになり……開拓を進めていき、村の皆の生活を豊かにしていくことでしょう。

そんな中であれこれと苦悩することもあるかもしれませんが……サウナに入ればすっきりさっぱり、気持ちをリセットして前向きに突き進んでくれることでしょう。

そんなヴィトー君の物語はまだまだ続く予定で……いつかまたあとがきで出会えることを心よりお祈りしています。


と、いう訳で今回はこの辺りであとがきを終わらせていただきます。

次回があれば……ヴィトー君達は修行に励んだり、沼地の人々と邂逅したり、色々な出来事に遭遇しながら成長していくことでしょうね。

２０２３年　11月　風楼

SQEX ノベル

転生先は北の辺境でしたが精霊のおかげでけっこう快適です
～楽園目指して狩猟開拓ときどきサウナ～

著者
風楼

イラストレーター
Lard

2024年1月6日　初版発行

発行人
松浦克義

発行所
株式会社スクウェア・エニックス
〒160−8430
東京都新宿区新宿6−27−30　新宿イーストサイドスクエア
（お問い合わせ）スクウェア・エニックス　サポートセンター
https://sqex.to/PUB

印刷所
中央精版印刷株式会社

担当編集
増田 翼

装幀
冨永尚弘（木村デザイン・ラボ）

ISBN978-4-7575-9001-4 C0093　　Printed in Japan